U0729423

漫娱
SINCE
脑洞
W
系列

注意！糖指数超标！

如有不可描述之情节，请偷偷享用。

目录 CONTENTS

PART.1

都市甜点屋

SWEET
things
百合精与仙人掌精

早晨七点，新的一天开始了。

林森起床，打理完毕，来到阳台上，分别给地上的两盆花灌注妖气。

林森是一株成精的千年古树，成精后他开了一家花店，在人类社会中过着平静的生活。

本着妖怪之间要互帮互助的原则，林森经常会把花店中有希望成精的植物带回家，给它们灌注妖气，帮助它们加快修炼。妖怪成精一般要历经三个阶段，分别是凝气期、灵识期与化形期，成功度过化形期，这个妖怪才算是真的成精了。

而林森最近带回家的两盆植物，一盆是灵识期的仙人掌，一盆是凝气期的百合。

“你已经快成精了，自己再加把劲，平时没事多修炼。”林森分给仙人掌四分之一的妖气，仙人掌周身泛起一圈柔亮的光，抓紧机会借林森的妖气修炼起来。

妖气对于林森这样进入化形期已久的大妖怪来说不是稀罕东西，用光了三两天便能完全回复。给仙人掌渡完妖气，林森的目光落在旁边的百合身上。

还没有灵识的百合只是静静地开着花，纯白色的花瓣上缀着几滴剔透的露水，看上去娇弱又美丽。它的妖气淡若蛛丝，比起旁边妖气充沛的仙人掌来说，实在有点儿可怜。

一般来说相对弱一点的小孩总会得到家长更多的关照——

“你还差得远呢。”林森怜爱地叹了口气，将自己剩余的四分之三的妖气全灌注给了百合。

做完了这些事，林森回卧室给了仍然在熟睡的苏澜一个早安吻，便离开家去花店。

看见林森的小轿车从楼下车库开出去，片刻前还在花盆中乖巧修炼的仙人掌忽然拔根而起，“嗖”地从花盆里跳到了地上，还沾着泥土的根须在地面上像几条小腿儿似的，站得稳稳的。

这株即将进入化形期的仙人掌是一种原产于南美秘鲁沙漠地带的步行仙人掌，这种仙人掌可以在环境恶劣时把根从土中拔出，借助风力行走，并且在生存环境适宜后重新扎根。

落在地上的仙人掌迈开自己的几条根朝客厅走去。

本来步行仙人掌要走路必须借助风力，但是现在它完全可以借助妖力了。

老板娘苏澜还在睡觉。

根据仙人掌这段时间的观察，苏澜每天都要睡上十九个小时，而且很难被吵醒……

所以在林森去看店之后，这个家完全就是仙人掌的天下！

作为一株叛逆的仙人掌，它首先来到厨房，顺着冰箱把手一路爬到上面，用妖力打开冰箱冷藏室的门，然后用几条根缠住一听冰啤酒，再抱着冰啤酒从冰箱上跳下来，一路用根在地上滚着啤酒罐，走回了客厅。

仙人掌用根把冰镇啤酒打开了，又把两条根探进去美滋滋地吸了一口冰啤酒！

“哈！爽！”吸完了一大口，叛逆的仙人掌把根抽出来，把啤酒放在原地，又迈开根去客厅电视柜下的抽屉里翻找香烟和打火机。

香烟是林森刚修出人形时出于好奇买来抽着玩的，一口烟进了肚，五脏六腑几乎都要咳出来，生生咳出眼泪的林森实在不能理解抽烟这件事好在哪里，于是剩下的将近一整包香烟和打火机就被他丢进抽屉再也没动过。

叛逆仙人掌用根须从烟盒里抽出一支烟，又卷起一只打火机，然后翻出电视遥控器打开电视开始选台……

就在仙人掌心无旁骛地在电视前做这些事的时候，阳台上那盆安静的百合花忽然动了一下。

不是花本身在动，而是整个花盆，忽然上下起伏了一下。

几秒钟后，花盆忽然原地拔高了五公分。

而从那花盆下方，赫然伸出了两根手指头，这两根手指头生得修长白皙，线条分明且有力，它们像两条腿一样稳稳站在地上，随即沿着仙人掌走过的路，载着整个花盆朝客厅走去。

——能做到局部变化出人形的程度，说明这株表面上只是凝气期的百合其实已经进入了化形期，修炼得比仙人掌要好得多！

两只手指头交替得飞快，“哒哒哒”地走到了客厅，而此时的仙人掌刚刚找到遥控器，正在认真地挑选频道。

百合花盆下的手指头慢慢缩了回去，紧接着，花盆中伸出了一只手，这只手拿起了刚刚仙人掌好不容易从冰箱里偷出来、才喝了一口的冰镇啤酒，然后尽数倒进了自己的花盆里……

愉快地喝了一听啤酒之后，那只手又将啤酒罐小心地放回原来的位置，随即这只手缩回了花盆中。几秒钟后，两根手指又从花盆下的窟窿眼儿里钻了出来，带着整个花盆“哒哒哒”地走回了阳台。

回到阳台上，那两根手指头还把仙人掌弄在阳台上的泥巴抹了抹！

做完这一系列的举动，手指头缩回了花盆里，纯美洁白的百合花仍然迎着阳光安静地开放着，特别有一种大家闺秀的风范！

这时，调好了频道的叛逆仙人掌带着香烟和打火机回到沙发旁，它用打火机点燃了香烟，用根须卷着燃烧的香烟，将燃烧后的烟气吸收进体内。

自以为相当酷帅地吸了一会儿二手烟之后，仙人掌又拿燃烧的香烟头在自己翠绿欲滴的身体上碰了一下，烧灼的痛感只持续了不到一秒钟，仙人掌就飞快地把香烟拿开了。

电视上说的，人类的三大爱好——抽烟喝酒烫头。

烟也抽了，酒也喝了，头也稍微烫了一下下！

叛逆的仙人掌对自己今天的日常完成情况表示非常满意。

虽然不知道人类为什么会喜欢烫头……

烫头真的好特么痛。

可能这就是成为一个硬汉的必经之路吧，仙人掌冷静地这般揣测着。

吸完了一支二手烟，仙人掌又爬到啤酒罐上，把最长的那条根塞进去喝酒。

然而易拉罐里是空的，一滴酒也不剩了。

仙人掌：“……”

仙人掌从易拉罐上爬下来，警惕地四处看了一圈，确定林森没有突然回来，苏澜也没有起床后，仙人掌万分疑惑地把空易拉罐卷起来丢进了纸篓里。

奇怪了，打开之后明明只吸了一口啊。

仙人掌呆呆地站在原地思考了一分钟，随即恍然大悟。

我的酒量真是越来越不得了了——仙人掌在心中深沉地感慨道。

一口就干掉了一整罐！

可以说是海量了。

不再纠结啤酒的事情，仙人掌爬上沙发，舒舒服服地跷着二郎根坐在沙发垫子上，开始看电视。

电视里放映的是一部在很多年前火遍了大江南北的香港电影——《古惑仔》。

是仙人掌点播的……

作为一株叛逆的仙人掌，它对这种题材的电影非常感兴趣。

仙人掌开心地晃着几条小根，随着电影主题曲欢乐地跟着唱。

仙人掌："湾仔一向我大晒，我玩晒，洪兴掌管一带，波楼鸡窦与大档都睇晒……"

仙人掌："刀～光～剑～影～让我闯为社团显本领……"

仙人掌唱得正高兴，房间的不知哪个角落中忽然传来一声笑。

"呵。"

笑声很低沉，听得出来是个男性。

仙人掌吓了一跳，还以为林森回来了，可是屋子里空荡荡的，一个人也没有。仙人掌戒备起来后，那笑声也没再响起。

仙人掌冷静地坐回沙发上："……"

幻听，一定是幻听。

最近可能是修炼得太用功，压力太大了。

就在仙人掌仍然不安地四处扫视的时候，卧室里忽然传出了动静，听起来似乎是苏澜睡醒了。

卧室门把手缓缓地，缓缓地压了下来……

仙人掌关了电视，迈开几条根不紧不慢地走回阳台，不慌不忙地把根扎回花盆里。

在仙人掌干完这些事时，卧室门刚刚打开五公分，且正在往六公分艰难进发。

——作为一只成精的树懒，苏澜平时无论是说话还是行动都慢得令人发指。

这也是仙人掌为什么敢在苏澜在家时就嚣张到这种地步的原因！

仙人掌回盆立正站好。

百合仍然保持着仙人掌离开时的样子，娴静优雅地开放着。

仙人掌挺胸抬头站在花盆里，气势凌人地睥睨着百合。

就仿佛一个刚刚逃课回来且没被老师发现的不良少年，带着谜一般的骄傲鄙视着班上性格文静颇讨老师喜欢的学习委员……

仙人掌："喊，小样儿吧。"

百合："……"

苏澜慢吞吞地打开电视，又慢吞吞地把林森早晨留在饭桌上的早餐端到了沙发前的矮桌上，想边看电视边吃。

毕竟吃得慢，光吃饭挺无聊的。

苏澜缓缓地坐在了仙人掌刚刚坐过的地方。

三秒钟后，苏澜又缓缓地站了起来，尖叫道："啊……啊……啊……啊……啊……"

仙人掌："……"

大意了，临走忘拔刺了。

随即，苏澜慢悠悠地把扎在自己屁股上的仙人掌刺揪下来，困惑道："哪……来……的……刺……"

不过苏澜的困惑并没有持续多久，作为一只动作缓慢、做什么都不太方便的树懒，苏澜奉行多一事不如少一事的原则，把刺扔进纸篓就开始专心致志地边看《古惑仔》边吃饭了。

四个小时后，苏澜速度很快地吃完了饭。

在睡回笼觉之前，苏澜打算散散步。

于是苏澜便缓缓走到阳台上，以 1cm/s 的速度缓缓蹲下，看看左边的百合，再转头看看右边的仙人掌，然后慢慢地笑了，说：“你……们……在……修……炼……啊……”

仙人掌一口气险些没喘上来。

苏澜：“我……的……妖……气……没……地……方……用……送……给……你……们……吧……”

仙人掌急得刺儿都快掉了！

苏澜伸出一根手指头抵在仙人掌身上，渡了少许妖气，道：“你……已……经……有……灵……识……了……就……少……给……你……一……点……自……己……要……多……努……力……修……炼……呀……”

说完，苏澜就扭头把剩余的所有妖气都给了那株百合，怜爱道：“多……给……你……一……点……加……油……啊……”

仙人掌心里不禁有点儿气。

倒不是气苏澜和林森，毕竟他们给了自己妖气，不论给多给少都是应该心怀感激的。

但是百合每次得的妖气都是自己的三倍，不管怎么说，仙人掌心里都有些不平衡。

输完妖气，苏澜的散步运动也结束了。

于是苏澜慢慢走回卧室，睡回笼觉。

吸饱了妖气的百合在风中摇曳着，纯洁美丽的白花肆意散发着香气，一副美而不自知的样子。

仙人掌："……"

看见他就好气哦！

仙人掌"咻"地把根从盆里拔出来，跳到百合面前，随即抬起一条最长的根"咚"地抵在百合身后的墙上，不满道："喂！你这个家伙最近好像很嚣张喔？"

百合保持着沉默："……"

明知百合还没有灵识，仙人掌却故意刁难道："我是这里的扛把子，你叫声大佬，我就放了你。"

百合的花朵颤了颤，像是一个人在忍笑："……"

仙人掌从自己身上揪下一根刺，在百合身上比量了一下，威吓道："不叫？我扎你了哦。"

这时，一只不知道从哪来的人手小心地捏住了仙人掌没刺的部位，随即以迅雷不及掩耳之势将仙人掌整个提起来塞回了花盆里。

猝不及防被塞回花盆的仙人掌一脸懵逼地举着刺："……"

哪，哪来的人手？！

仙人掌在盆里呆愣了片刻，察觉出了严重的不对劲！

“你……”仙人掌惊魂未定地打量着百合，“那是你的手？你进化形期了？”

“……”百合沉默。

仙人掌急了，拔根而起，“咻”地跳到百合面前，逼问道：“你快说！你该不会是早进了化形期，却故意装成还在凝气期的样子骗妖气吧？你不说我就用刺扎你了。”

“……”百合仍然一言不发，一动不动。

仙人掌“咻”地跳进百合的花盆里，威胁似的把长满了刺的身体往百合笔挺碧绿的花茎上贴了贴，气势汹汹道：“出来混，就要讲信用，说用刺扎你，就要用刺扎你！”

这时，百合花的方向传来一声低沉的笑，紧接着，一只修长瘦劲的手臂从百合花的花盆中伸出来，再次捏住仙人掌没刺的地方，把仙人掌整个拎了起来。

“你明明都是化形期了还和我抢妖气！”仙人掌几条小根在空中乱蹬，心里委屈得不行，气得哭哭唧唧，“你这朵百合花，出来混怎么一点义气都不讲啊！”

仙人掌正控诉着百合的不讲义气，忽然就觉得身子一轻，整个仙人掌似乎倏地飘了起来一样。

“小东西。”一个磁性而带着些许喑哑的男声从下方飘上来，仙人掌这才发现自己此时离地已经有将近两米高了。

一个身材颀长的男子正抬着一只手将仙人掌高高拎起，用颇为玩味的目光将它从头到根上下打量着。

“……”仙人掌整个呆住。

男子长得很好看，眼瞳是浅浅的茶褐色，仿佛蒙着一层蒙眬的水雾，看起来带着几分懵懂的温柔，天生的笑唇亲和力十足，笑起来还有两个讨喜的梨涡。

百合化身的男子赤身裸体，他站在阳台上，将手中的仙人掌晃了晃，柔声道：“抱歉，抢了你很多妖气，以后还你。”

仙人掌噎住了，几条片刻前还狂扭乱舞的根矜持地蜷了起来，体内的汁液骤然加快了流动速度，在茎块中疯狂地冲撞着，它结巴道：“那……那都好说，只要你知道错了就好，我堂堂一个扛把子也不会太小心眼……”

男子笑了，他弯腰将仙人掌放回盆中，轻声说：“那就好，乖，等我去找身衣服穿。”

仙人掌站在花盆里，茎块里的汁液兀自加速流动着，冲得它一阵阵眩晕。

赤身裸体的男子转身朝客厅西侧的储物间走去。

这么一转身，他的整个后背便尽数落在了仙人掌眼中。

这个容貌温柔和善的男子背上，竟文着一条栩栩如生、占满了整个后背的龙。

受到了严重惊吓的仙人掌：“啊啊啊啊啊！”

男子微微偏过头，似笑非笑地朝仙人掌瞟了一眼。

“嗝！嗝……嗝！”可怜的仙人掌扛把子被吓得连打了三个氧气嗝。

男子从储物间翻出了一套林森的衣服，他们两个身材相差不多，穿上还算合身。穿好了衣服，男子又从客厅沙发前的矮桌下翻出一叠便笺和一支圆珠笔，在上面龙飞凤舞地写下几行大字——

“林老板，谢谢您这段时间的照顾，日后必有重谢。”

一系列动作流畅如行云流水，一看便是对人类社会相当了解的样子，完全不像个刚刚成精的小妖怪！

男子写完正要起身，视线忽然落在阳台上瑟瑟发抖的仙人掌身上。

仙人掌：“……”

我可能是个假的扛把子……

男子唇角一扬，抬笔又在便笺后面加了一句话——

“那盆灵识期的仙人掌我带回去照顾了。”

给林森留完字条，男子起身走到阳台上，一弯腰，把仙人掌连花盆一起端了起来。

惊恐万状的仙人掌：“你干什么？”

男子含笑道：“带你回家。”

隐约感觉不妙的仙人掌：“不不不，我在这修炼挺好的……”

男子用轻柔却不容抗拒的语调道："和我回家，我好慢慢把亏欠的妖气还给你。"

虽然语气、神情都是和善的，但不知为何他整个人都散发着一种令仙人掌觉得危险的气息！

仙人掌一阵莫名的心慌，忙摆摆根，紧张得直冒水："不用了，我随便说说而已。"

男子眉眼弯弯道："出来混要讲信用，说要我还你妖气，就要我还你妖气。"

仙人掌："那我不出来混了。"

男子："晚了。"

仙人掌秒怂，大叫起来："大佬！扛把子！老大！我不想走！"

然而男子充耳不闻，端着花盆就往门外走去，惊慌失措的仙人掌从花盆里拔根而出，像条不听话的小狗一样叽里咕噜地从男子的怀抱中滚到地上，撒根就跑，想躲进苏澜的卧室。

仙人掌的小根飞快倒腾了好几步，男子却一步就迈到了它前面，弯腰把仙人掌拎起来，大步走出林森家门。

因为怕被过路人看出不对劲，一出家门仙人掌就蔫了，不敢大叫也不挣扎了。

仙人掌听林森说过，妖怪一旦在人类面前暴露了身份，就会被人类用桃木剑钉死……

被桃木剑钉死这种事真是想一想就紧张到脱水！

见手里的小东西老实了，男子唇角一扬，把仙人掌塞回了花盆里。仙人掌委委屈屈地扎根进去，一动不动地沉默着，装成一株普通的仙人掌。

身无分文的男子走到路边扬手叫出租车。

仙人掌忍不住小声提醒：“坐出租车要付钱的。”

就算是扛把子也是要付钱的！

男子低笑：“我知道。”

仙人掌不安：“你想拿我抵车钱对不对？”

男子一脸严肃：“对，把你抵给司机做马仔。”

仙人掌：“……”

一辆出租车在男子面前停下，他上车和司机说了街道的名字。

仙人掌忧心忡忡地扎在花盆里，幻想着自己未来悲惨的马仔生活——

每天被大佬呼来喝去！还要无偿帮大佬砍人！

将近一个小时后，出租车在一座一看就壕到没朋友的中式宅院大门口停下。男子在门口的可视电话上按了几下，说了句话，很快便有个管家模样的西装男从大门里跑出来，恭恭敬敬地给男子拉开车门，又结了车款。

“……”仙人掌目瞪口呆地看着眼前这一幕。

“您回来了。”西装男微微躬了躬身，目光扫过端着一盆仙人掌、造型颇有些诡异的男子，随即带着几分疑惑的神情转身在前面引路，可终究是没多问一句。

宅院是传统的中式风格，古色古香，院中有精致的小型园林，亭台水榭，幽曲回廊，林木葱茏，繁花掩映。

没见过世面的仙人掌在花盆里一惊一惊的，把被陌生人打包带走的恐惧抛到了九霄云外。

这就是真扛把子住的地方！

男子带着仙人掌进到一处像是客厅的房间，扭头吩咐了几句，西装男便离开了。

好奇心爆棚的仙人掌立刻问道：“这是什么地方？”

“这是我家。”男子缓缓露出一个微笑，“还没做自我介绍，我叫白贺。”

仙人掌略不以为然：“白贺……不就是百合的谐音。”

名字起得一点诚意也没有！

白贺点点头：“是啊，你有名字吗？”

仙人掌兴致勃勃：“还没定，但我想叫陈浩南！山鸡也可以的！山鸡超硬气的！他们都是我偶像！”

白贺笑了：“姓陈可以，不如叫陈仙。”

仙人掌幽怨道：“……听起来像个算命的。”

白贺：“那就陈小仙。”

和硬汉山鸡扮演者的名字有两个字的重合，那也可以说是非常硬气了，仙人掌想了想，满意地接受了这个名字！

有了名字，仙人掌顿时感觉自己是个人物了！

“你有什么想问我的吗？”白贺说着，点起支烟吸了一口，那两根修长的手指以一种近乎优雅的姿态夹着一根烟，烟雾盘旋缭绕，掠过他鸦羽般浓黑低垂的睫毛。

真帅！仙人掌满怀憧憬地用力吸了一大口二手烟！

白贺：“……”

仙人掌：“你好像不是新成精的？”

白贺摁灭只抽了一口的烟：“我已经成精上百年，前段日子渡雷劫失败，被打回原形。”

修成人形的妖怪每过一百年就要渡一次雷劫。人乃万物之灵，然而寿数却大多不过百年，为平衡天道，这些后天修炼出人身的妖怪每一百年便要历经一次生死劫难，如果运气不好没挺过去，就会被天雷活活打回原形，从头开始修炼。

仙人掌惊得根都直了：“原来你是个化形了上百年的大妖怪……”

白贺笑笑：“没错，所以我懂得如何隐藏妖气，把自己伪装成凝气期的样子……我也不是故意要抢你的妖气，只是手下很多人要养活，我不能失踪太久。”

仙人掌沉默了片刻，小声问：“你是……做什么的？”

白贺亲和力十足地眯起眼睛，轻描淡写道：“1940 年的时候我在潮州义安帮管几个堂口，那时成精不久，像你一样不懂事。不过我早就金盆洗手了，平时只是随便做点小生意打发时间。”

仙人掌：“……”

白贺笑眯眯地补充道：“对了，洪兴的原型就是义安帮。”

仙人掌：“……”

幼小心灵受到了严重冲击的仙人掌惊讶得几乎快要风干！

白贺：“还有问题吗？”

仙人掌“咕咚”一声咽了一口草汁。随即，它从盆里爬出来，“叽里咕噜”地顺着裤腿爬到白贺身上：“大佬！收我当手下吧！”

白贺将小狗一样趴在自己身上的仙人掌拎起来，一根根拔掉扎在自己腿上的刺，整个拔刺的过程神色淡定从容。

不愧是当过扛把子的男人！

白贺丢掉手里的刺，道：“你至少要先变成人。”

“好！”仙人掌在花盆里立正站好，一想到面前坐着一个活生生的扛把子心里就十分激动，连刺都闪烁着兴奋的光彩。

于是就这样，仙人掌在白贺的卧室安家落户了。

妖怪修成人形之后妖气就没什么用了，于是白贺每天都把妖气尽数渡给仙人掌。独占了一个大妖怪的全部妖气，仙人掌比在林森家的时候修炼得快多了，很快就突破了灵识期，有些部位可以变成人体了，这样一来仙人掌行动就比之前便利了许多。

在白贺家修炼得虽然快，但有一点不好——白贺知道仙人掌那几个叛逆的小爱好，不仅和仙人掌约法三章，还把家里的烟酒全藏起来了，所以进入化形期后，能变出人手的仙人掌就开始趁白贺不在到处翻箱倒柜。

人手真的太好用了，比根好用多了。

怪不得大家都想修炼成人！

仙人掌一溜烟地从卧室跑到客厅，暗搓搓地躲在沙发后看了看，见客厅没人，便又“嗖”地蹿到走廊，缩在一个大花瓶后暗中观察。趁擦地的家政阿姨扭头拧抹布的一瞬间，仙人掌风一般从花瓶后冲出，一溜小跑下楼梯钻进酒窖，成功地在酒窖里偷到了一瓶伏特加！

仙人掌端详着手里的伏特加：“……”

以前从来没见过这种酒！

林森家只有啤酒，所以天真的仙人掌以为天下所有的酒都是啤酒那个度数的，于是便拧开瓶盖倒了满满一大杯，毫无防备地把自己的根尽数塞进去“咻”地吸了一大口。

号称海量的仙人掌，醉得不省人事。

白贺回家，发现卧室里的花盆是空的。

循着仙人掌留下的妖气，以及根须残留在楼梯上的泥土，白贺轻松地找到了在酒窖中醉得不省人事的仙人掌。

小小的仙人掌烂泥一样瘫在地上，软塌塌的根须仍然浸在翻倒的杯子里，酒液漫了一地。

仙人掌打出一串小呼噜：“呼——”

白贺好气又好笑地把醉酒的仙人掌拎起来塞回花盆，又往花盆里倒了不少清水给仙人掌解酒。花盆里的仙人掌站都站不直，根插在土里，整个身子瘫在盆里，大约是脑袋的位置枕着盆沿，不省人事。

白贺低声笑了起来。

他修炼成人这么久，很少遇见同是植物成精的妖怪。

成精从来都不是一件容易的事，首先有天资的植物就是万中无一了，其次修炼是一个相当缓慢的过程。如果不是林森有意催化的话，眼前这株仙人掌现在恐怕也还是什么都不懂的凝气期，而且八成会在灵识期到来前便自然地结束寿命。白贺自己成精也是机缘巧合，而他之前一直缺乏林森那样有意培养同类的意识，所以一直过得很孤独。

身处孤独的时候并不觉得，但是一旦不孤独了，就会意识到之前的人生其实是寂寞的。

白贺唇角扬了扬，用指尖在仙人掌身上轻轻搔了两下。

“痒痒……”仙人掌含糊不清地嘟囔着，从土里抽出根，“啪”地打在白贺作乱的手上。

白贺无声地笑了起来，眼波温柔。

幸亏仙人掌这时还没修出人形，不然非得酒后乱那啥不可！

仙人掌这一醉醉得厉害，昏天黑地地睡了整整五天。

这五天里，白贺每天白天把仙人掌拿到阳台上晒太阳，让它自动进行光合作用，晚上再拎回卧室里，放在软垫上，盖上小被子。

可以说是照料得无微不至了！

这天，仙人掌醒来时，感觉根须酸软无力，站起来还有些摇摇欲坠的。

传说中的宿醉！

“你终于醒了。”白贺的说话声飘了过来。

虽然轻轻柔柔的，却莫名地蕴着一丝冷意！

意识到大事不妙的仙人掌“嗖”地趴回去了：“我没醒。”

白贺强行把仙人掌竖起来，含笑道：“知道自己睡了几天吗？”

仙人掌：“……一天？”

白贺：“五天。”

“……”仙人掌花容失色。

说好的海量呢！

白贺平静道：“我说过不许你喝酒，明知故犯，你说该怎么罚？”

仙人掌从花盆里走出来，爬到白贺腿上哆哆嗦嗦地趴下了，可怜巴巴道：“打屁股？”

虽然并没有任何屁股可打！

腿被扎得很疼的白贺面不改色地把仙人掌从腿上拎起来，道：“可以，但是先欠着。”

仙人掌委屈：“……其实喝点酒有什么的，电视上说很多人都喝。”

白贺语重心长：“伤身，不是好习惯。”

仙人掌撇撇根：“那吸烟呢？我明明见你吸过。”

“也不好。”白贺好笑地瞟了仙人掌一眼，“况且你吸的都是二手烟，伤害更大。”

仙人掌惊了：“那一手烟要怎么吸？”

白贺：“要用肺。”

仙人掌：“我没有肺啊。”

白贺冷酷：“所以不能吸。”

叛逆的仙人掌不甘心地问：“烫头呢？”

白贺不知从哪甩出一本《时尚发型大全》，翻开一页，指着上面一头小卷的模特，把烫头的概念简单地和仙人掌讲解了一遍。

讲完，白贺把书一合，语气温柔地补了一刀：“你之前那样不叫烫头，叫自残。”

仙人掌：“……”

这一天，陈小仙同学的硬汉梦，碎了！

日子一天天过去，仙人掌的身体渐渐发生着变化。

茎块变得比以前更加粗壮高大了，而且还在最大的茎块上长出了一个小揪，看起来像是个小小的花苞。

花苞越长越大，终于有一天，仙人掌开花了。

仙人掌的花一般会比较大，不过也存在个体差异，像陈小仙的花，就比较小……

娇俏精致的一朵小黄花，神神气气地立在陈小仙头上，而在植物界，开花也就意味着成年了。

以后我可就是个大仙人掌了！

陈小仙骄傲地顶着小黄花，飞速倒腾着几条小根跑向白贺，顺着白贺的腿叽里咕噜地爬上去，在白贺怀里激动得不住撒娇打滚，高声道："你快看，我开花了！"

白贺习以为常地拔掉扎在自己身上的刺，用两根手指头把陈小仙拎起来，凑近了贴在陈小仙的花上看了看，语气愉悦道："嗯，不错。"

被白贺目光专注地盯着自己的小花看，陈小仙忽然生起了一阵莫名的羞赧，它挥舞着小根抗议道："你别贴得那么近看我的花！"

"哦。"白贺很听话地离远了一些，然后继续盯着看。

陈小仙："……"

还是很别扭啊！

陈小仙："离远了看也不行！"

白贺低笑："这么快就知道不好意思了？"

有些植物就算成精了也仍然保持着成精前的思维方式，不觉得自己的花朵是什么羞耻的部位，而有些植物则会很快开始以人类的方式思考问题，觉得暴露生殖器官非常不妥。

两者各有各的道理。

而陈小仙很明显属于后者！

于是很怕羞的陈小仙就在自己的小黄花上扎了一个黑色的小塑料袋，塑料袋口扎得松松的，既能透气，又可以起到遮掩作用，虽然塑料袋就算是黑色的也多少有点透，不过大致还是能遮住的。

按照人类的规则换算一下，这基本就相当于是穿上内裤了！

在白贺的精心呵护下，陈小仙修炼进境飞快，离修成正果的目标越来越近了。

这天早晨，白贺起床后按惯例来到陈小仙的花盆前，伸平一只手悬停在陈小仙上方，感受它的妖气。

“妖气很充沛。”白贺满意道，“随时都可能会化成人形，我再给你渡一次妖气试试看。”

说完，白贺用手指点在陈小仙的块茎上，将体内妖气毫无保留地输送给陈小仙。妖气输送完毕，陈小仙周身泛起一阵柔亮的白光。

白贺瞳仁微微一颤：“成了。”

化形当前，陈小仙反而有些害怕了，它紧张地搓着两条小根：“你觉得我的人形会是什么样的？”

妖怪修成人形就像人类出生一样，模样不是自己决定的，而且修出什么模样就是什么模样，除了天生具有幻化能力的狐狸精之外，任何一种妖怪都无法改变自己的外形。

所以陈小仙此时的紧张是完全可以理解的。

白贺毫无诚意道："一定很硬气。"

陈小仙雀跃道："我也这么觉得，我有预感，我肯定天生八块腹肌！"

白贺很坏很坏地添油加醋："八块怎么够，少说十六块起步。"

陈小仙被哄得很高兴："对对对，说不定还会有特别浓密的腿毛！"

白贺严肃："而且像钢针一样硬。"

陈小仙"咦嘻嘻嘻"地笑了起来！

一点儿也不像个能有腿毛的主……

被白贺忽悠到得意忘形的陈小仙开开心心地运起全身妖力，开始化形。

三秒钟后，人形的陈小仙出现在白贺面前。

人如其名，陈小仙非常仙。

皮肤白且剔透，整个人清凌凌的，像是十二月的初雪，眼眉纤秀，唇齿精致，深黑眼瞳中似乎泛着一层薄薄的水雾，自带含情脉脉的效果，个头儿不高，身形清瘦单薄，别说钢针一样粗黑的腿毛了，整个身体白嫩得像剥了壳的煮鸡蛋一样。

陈小仙："……"

白贺眉梢微微颤了颤，唇畔浮起一丝笑意："模样真不错。"

陈小仙环顾了一圈，隐约感觉不妙："我是不是可矮了？"

白贺上前一步把陈小仙抱住，用下巴蹭蹭对方头顶的发旋，道：

“你自己感受一下。”

陈小仙一阵绝望，几乎快要昏死过去：“完了完了！我才到你下巴！”

白贺安慰：“是我太高。”

说不定只是个子矮但脸长得特别英气呢！陈小仙怀着最后一线希望跑到浴室照镜子。

白贺悠哉地跟在陈小仙身后。

十秒钟后，陈小仙哭哭唧唧地从浴室跑出来一头扎进白贺怀里，两只大眼睛变成了两个颤抖的荷包蛋：“我……我长得好像和我想象的不一样！”

陈小仙本来就长得很软萌，加上这么一哭，立刻娇弱得惊天动地愈发惹人怜爱！

接下来的十分钟，陈小仙就一直委委屈屈地缩在白贺怀里，一把鼻涕一把眼泪地控诉着妖生的不公平。

还有什么所谓的“相由心生”，一点也不准！

陈小仙吸着鼻子：“长成我这个样子，去收保护费，都根本收不来的……”

说不定还会遭到无情的嘲笑！

白贺揉着陈小仙软乎乎的头发，轻声细语地安抚着。

等陈小仙情绪平静下来了，白贺把事先准备好的人类衣服拿过来，帮陈小仙穿上了。

白贺还手把手教会了陈小仙扣扣子和拉拉链的方法。

“扣子要这样扣，手指放松，你太僵硬了。”白贺把陈小仙环在怀里，双手包握着陈小仙的手，带动着那些手指扣扣子，扣了一遍又一遍，直到陈小仙学会为止。

扣完扣子，陈小仙的脸红得像只被蒸熟了的小螃蟹。

白贺给陈小仙准备的衣物设计简约、颜色素雅，属于偏日系的风格，陈小仙这样纤细的身材穿起来非常合适。

可见白贺早就猜测到了陈小仙人形的大概模样……

穿好衣服，失去了全部人生目标的陈小仙郁郁寡欢地坐在床边，低头玩着手指头不说话。

白贺好笑地看着陈小仙：“好不容易修成人身，你却一点也不高兴？”

陈小仙生无可恋地叹气：“我这个人身，不仅当不成扛把子，就连扛把子的手下都当不成……”

这个人当得还有什么意思！

白贺捏着陈小仙的下巴，迫着对方把脸朝自己的方向转过来，用温柔无害的目光注视着陈小仙，蛊惑道：“你可以当大嫂，除了扛把子，全帮上下都要听你的，而且有些时候连扛把子都要听你的，你说厉不厉害？”

陈小仙精神一振：“我这副样子能当吗？”

白贺一脸认真：“当然能。”

陈小仙：“那当大嫂每天具体要做什么？不会是要和扛把子……”

白贺飞快打断：“你先说你要不要当？”

陈小仙点头：“要当啊，只是……”

白贺眼底掠过一抹狡黠的亮光，再次打断：“没有只是，你已经答应了。”

陈小仙顿时有种不好的预感：“到底要做什么啊？”

“做这个。”白贺轻声道。

语毕，他往前一探，微微偏过头，吻住了陈小仙。

陈小仙：“……”

陈小仙：“？”

陈小仙：“！”

两人唇齿相贴。

陈小仙是第一次离白贺这么近。

陈小仙嗅到了一丝百合花的馨香。

那香气丝丝缕缕交缠在白贺的每一次呼吸中，沁甜的，美好的，如置云端。

陈小仙的身子僵硬了一瞬，却没有躲开，只是把眼睛睁得大大的，好奇又害羞地看着离自己极近的白贺浓黑的睫毛。

时间像是被熬煮熔炼成金黄色的糖浆，在虚空中拉成了一条极细极长的亮线，不知沿着这条散发着甜香气息的亮线行进了多久，这个缠绵缱绻的吻才宣告结束。

白贺眼中盛着笑意，微微直起身体，拇指揉过陈小仙的嘴唇，低声问："喜欢当大嫂吗？"

陈小仙脸红得像个番茄精，小身板猛地挺直了，两手放在膝盖上，像在向领导汇报工作一样铿锵有力道："我觉得我可以胜任大嫂这个职位！"

当大嫂不仅威风，而且还挺舒服的！陈小仙天真地想。

白贺轻笑，拉着陈小仙站起来，又让对方跌坐回自己大腿上。随即，白贺修长的手指勾上陈小仙衬衫的第一枚扣子，一本正经道："我再教你一遍解扣子。"

结果解完了就再也没系上！

白贺背上精细绮丽的龙文身渐渐被晶亮的汗水浸染了，上面还多出了几道指甲印挠出的红痕，宣告着身下人的情难自已。

明明是个一身硬刺的仙人掌，化成人形后身子却没一个地方不软。

"你还可以用咬的。"白贺含着陈小仙柔软的耳垂。

陈小仙泪光闪闪，吭哧一口咬住白贺的肩膀。

小东西，连咬人都不疼。

白贺无声地笑了。

事了，白贺抱着陈小仙去浴室清理。

陈小仙眼眶和鼻头微微泛着红，泡在温水里，睫毛上凝着细密的水汽，神情呆呆的。

白贺好玩地刮了下陈小仙的鼻尖：“在想什么？”

陈小仙眨眨眼睛：“我不想当大嫂了行不行？”

白贺怔了怔：“为什么？”

陈小仙委屈巴巴：“当大嫂屁股疼。”

白贺唇角危险地扬起来：“不行，晚了。”

陈小仙：“……”

白贺凑到陈小仙耳边，缓缓道：“扛把子已经看上你了。”

于是屁股很疼的陈小仙被迫上位了！

从这天开始，白贺大佬的属下们都知道了陈小仙的存在。

属下们兴高采烈地表示这可真是太不容易了，老大这么多年别说大嫂了，连炮都没约过一次，我们私下都怀疑他其实不！能！举！

谣言终于破除了……

白贺当然是能举的，只不过作为一个多少有些心理洁癖的妖怪，白贺不大喜欢人类和动物系的妖怪，但植物系妖怪又太少，要从少得可怜的同类中找出一个符合自己口味的伴侣简直难如登天！

所以白贺对这个好不容易到手的媳妇宝贝得不行。

陈小仙振臂一呼：“走！我们去收保护费！”

白贺拍案而起：“走。”

白贺和陈小仙走在最前面，一群为了迎合大嫂喜好穿着黑风衣戴着墨镜还叼着牙签的小弟顶着路人看精神病的目光苦不堪言地跟在后面。

小弟甲："叼牙签叼得嘴酸。"

小弟乙："再忍忍，谁让港片里都这么演。"

小弟丙："这都什么年代了哪有这么打扮的？"

小弟丁："就是，至少把牙签换成牙线啊！"

众人来到一家KTV门口，小弟甲踹门而入，嚣张大吼："收保护费了啊，收保护费！"

KTV负责人立刻屁颠屁颠地跑过来，把当日营业额双手奉上。

陈小仙一脸严肃地收下："好了，下一家。"

众人浩浩荡荡离开。

KTV负责人："……"

老板又带着老板娘来自己开的店里收保护费了，这究竟是演的哪出啊这……

陈小仙振臂一呼："走！我要去文身！"

白贺拍案而起："走。"

众人浩浩荡荡来到文身店。

陈小仙三两下把把白贺上衣扒了，指着白贺背上的龙文身，对文身师道："就要文这个，要一模一样的。"

大嫂必须要和扛把子文情侣文身！

文身师："好。"

白贺淡然从容地看着自家小仙人掌大义凛然地脱了上衣趴在文身床上，毫无上前阻拦的意思。

文身师画好了图，拿起文身枪，刚在陈小仙的后背上扎了一针，陈小仙就"嗷"的一声尖叫冲出了文身店……

陈小仙："疼疼疼疼疼！"

白贺一脸意料之中地抄起陈小仙的上衣追过去把媳妇裹上了。

"还文吗？"白贺叼着烟，笑得很坏，"文成我这样要挨几万针。"

陈小仙目光坚毅，神情果决："打死也不文！"

白贺忍笑："文吧，来，忍几天就过去了。"

陈小仙裹紧衣服："我不！"

原来被针扎这么痛，陈小仙心有余悸地想，看来自己以后变回原形的时候要更加小心不能扎到人！

陈小仙振臂一呼："走！我要去酒吧！"

白贺拍案而起："走。"

酒吧里，白贺给陈小仙点了一杯"夏季落日"。

一款由橙汁、草莓汁与柠檬水调制而成的无酒精鸡尾酒……

虽然名字是鸡尾酒，然而本质上是饮料。

陈小仙叼着吸管，一边看表演一边喝了大半杯。

陈小仙得意洋洋："你看我喝这么多酒都没感觉。"

也终于算是个人物了！

白贺眼角眉梢皆是笑意："厉害。"

陈小仙吸了一大口无酒精鸡尾酒："我们来拼酒！"

白贺晃了晃手里的加冰威士忌，语气宠溺："来。"

两个小时后，白贺成功被海量的陈小仙喝到桌子底下去了……

陈小仙膨胀得不要不要的，挺胸抬头，仿佛分分钟就要日天日地！

小弟们搀着醉成烂泥的白贺回家，心情都是非常复杂的。

我们白哥才是真海量好吗？！

哪有拿果汁和别人拼酒的？啊？！

手中繁忙的工作告一段落后，白贺订了两张机票，准备带从来没出过远门的陈小仙出去玩一圈，补过蜜月。

之前被问到想去什么地方旅游时，陈小仙不假思索地开口道："就去南美秘鲁的沙漠吧。"

白贺有点迷，因为一般度蜜月大家都比较喜欢去法国、希腊、马尔代夫之类浪漫的地方……

想去沙漠度蜜月的还是头一次听说！

陈小仙："我听说我这种仙人掌的原产地就是南美秘鲁的沙漠。"

所以这其实是一趟寻根之旅！

白贺笑了："好。"

一个月后，两人当真出现在秘鲁当地的某处沙漠中。

白贺雇了一位向导带他们向沙漠中走了一段路，停下来时，方圆百里看上去仿佛没有一个人，只有仙人掌、热辣的太阳，与滚烫的砂砾。

白贺给了向导些小费，让他暂时回避一下。

脸庞被晒得黝黑的向导笑出一口白牙，一脸了然地走远了些，让白贺和陈小仙独处。

顶着大太阳，陈小仙把衣服脱了个干净，然后化形成了一只小小的仙人掌。

沙漠里到处都是陈小仙的同类，这种神奇的步行仙人掌，可以将根须从沙土中拔出，乘着炙热的焚风迈开根须去旅行。

陈小仙：“你们好，你们能听懂中国话吗？”

步行仙人掌们拔出根须。

陈小仙：“我不会说秘鲁话哎。”

一阵热风从苍穹中降下，仙人掌们蠢蠢欲动起来。

“哎，你们等等我！”陈小仙急切地迈开根须，和同类们在沙漠上一起乘着风撒丫子奔跑。

这就是轰轰烈烈策马奔腾的青春啊！

白贺大步跟上这群脱缰烈马一般的步行仙人掌，视线一直锁定在某一株特殊的步行仙人掌上。

是的，对他来说那是非常特殊的一株。

顶着一朵小小的、娇俏的黄花。

SWEET
things
树精与树懒精

01

半夜。

林森一骨碌从床上爬起来，饥渴地看着睡在自己被窝里光溜溜的苏澜，看了一会儿，低声唤道："喂，醒醒。"

然而苏澜一动不动，睡得非常沉。

林森是苏澜的男朋友，一个花店老板。

苏澜沉沉地睡着，秀丽眉眼在暖黄卧室壁灯的映照下漂亮得像画一样。

林森按捺不住，一个翻身压上去，抱着怀里滑滑软软的小东西又亲又啃。

苏澜发出一串欢快的小呼噜。

林森："你醒醒。"

苏澜："Zzzzz……"

林森此时是箭在弦上，不得不发，于是便压着怀里的睡美人，把人里里外外吃了个遍。

寂寞。

真的寂寞。

林森："喜欢吗？"

苏澜："Zzzzz……"

林森："叫老公。"

苏澜："Zzzzz……"

林森怒掀桌："妈的我要离婚！"

苏澜："Zzzzz……"

02

林森抱着苏澜去浴室清理了一下，又抱回床上，然后自己冲了个澡。

回到卧室时，苏澜还在睡，脸朝下，连个面儿都没翻。

林森怕苏澜脸蛋在凉席上压出花，就帮苏澜翻了个身。

苏澜全程："Zzzzz……"

林森万分悲愤，在深夜情感论坛上发帖。

——我老婆每天要睡二十个小时怎么办，挺急的在线等。

请问一下，我老婆每天睡二十个小时，还有三个小时慢悠悠地吃东西，一个小时慢悠悠地洗澡，连"啪啪啪"的时间都不给我留，怎么办？怎！么！办！

1 楼：哈哈哈哈哈哈哈哈哈！

2 楼：哈哈哈哈哈哈哈哈哈哈！

3 楼：哈哈哈哈哈哈哈哈哈哈哈！

4 楼：哈哈哈哈哈哈哈哈哈哈哈哈！

林森：Excuse me？这么好笑吗？妈的同情心呢？

26 楼：LZ 你老婆是不是有嗜睡症？建议去医院检查。

27 楼（LZ）：谢谢这位朋友，但我老婆没有嗜睡症，我老婆很健康，能睡是天生的。

28 楼：肯定是嗜睡症，哪有健康人每天睡那么久，难道你老婆是树懒？

29 楼：哈哈哈哈哈哈哈哈哈树懒！

30 楼：哈哈哈哈哈哈哈哈哈哈树懒！

31 楼：哈哈哈哈哈哈哈哈哈哈哈树懒！

32 楼：哈哈哈哈哈哈哈哈哈哈哈哈树懒！

林森怒摔手机：我老婆就是树懒啊！

03

其实苏澜真的是一只树懒，准确地说，是一只树懒精。

而林森，就是苏澜成精之前天天抱着的一棵千年古树。

他们两个也不记得是从什么时候开始天天腻在一起的，总之从他们有记忆时起，苏澜就每天趴在林森身上了，两个小伙伴在雨林里相依为命。

苏澜真的懒破天际，几乎从来不下树，每天趴在树上睡二十个小时，醒了就发呆。

睡觉和清醒只是闭眼睛和睁眼睛的区别。

林森成精比苏澜早，他天天操纵着树藤把自己的树叶子塞到苏澜嘴里，苏澜只要负责嚼就行了。

每当有角雕想吃苏澜，林森就挥舞着树藤糊角雕一脸，苏澜趴在林森身上，懒洋洋地看着他们打架。

所以苏澜比其它的树懒还要懒上几分……

时间长了，苏澜身上长了一层青苔，林森忍无可忍，用树藤从树下的小水洼里蘸水给苏澜梳毛。

苏澜懒洋洋：“这……是……我……的……保……护……色……”

林森霸气十足：“有我保护你就够了，你不需要保护色。”

苏澜后知后觉地惊呆了：“哎……呀！我……怎……么……会……说……话……了……”

林森暴躁：“因为你也快成精了啊！”

苏澜缓缓露出一个笑容：“哈……哈……哈……我……这……么……懒……也……能……成……精……”

林森听苏澜说话急得恨不得把树根拔出来绕着雨林跑三圈：“我天天给你渡妖力，不然你以为呢？”

苏澜羞涩地缓缓一笑：“我……还……以……为……是……我……聪……明……呢……”

林森气得吐出一口老树汁：“光我一个成精太无聊了，我们做个伴吧，试试当人是什么感觉。”

苏澜：“Zzzzz……”

林森：“……”

04

这年，雨林里下了一场前所未有的大雨。

雨势接连不断，一口气下了好几天。苏澜闭着眼睛睡得昏天黑地，林森只好用树藤把苏澜缠起来，又覆上一层叶子。

又保暖，又挡雨，还能保证不掉下树。

林森叹了口气。

苏澜真是太懒了，太懒了。

如果不是自己照应着，早就死得不要不要的了。

不知过了几天，雨停了。

林森低下树冠，看着附在自己树枝上的那团小东西，把叶子拂开，然后松开了层层缠绕的树藤。

树藤与落叶下，却不是那只毛茸茸的树懒，而是睡着一个白白小小的人类。

05

这个人类，睫毛长得像小扇子，嘴唇红润润、软嘟嘟的，身上白得不行。

林森咽了口树汁，小心翼翼地问："你成精了？"

变成了人的苏澜："Zzzzz……"

林森忍不了了，用树藤把苏澜戳醒，确认道："你是树懒？"

苏澜慢悠悠地伸了个懒腰："嗯……"

林森欢天喜地："你看看你自己！"

苏澜缓缓低头，缓缓露出一个笑容："我……的……天……啊……我……成……精……了……"

林森无语了一会儿，也变出了人形。

他的人类形态比苏澜高大，年纪也比苏澜长些，眉眼带着一种古朴的英俊。

苏澜笑着看他："好……看……"

林森也笑了。

苏澜慢吞吞地走过去，一把抱住林森。

两条赤裸裸的身体亲密无间地贴合在一起，林森的脸腾地一下红了，以前从来没有过动静的某个器官产生了奇妙的反应。

林森慌乱："你，你抱我干什么？！"

苏澜一副理所当然的样子："抱……你……睡……觉……啊……"

语毕，苏澜合上眼睛，睡着了："Zzzzz……"

林森把怀中人推开一点，盯着苏澜红润润、软嘟嘟的嘴唇，发了好一会儿呆。

然后，林森像中了邪似的，笨拙地低头，把自己的嘴唇贴上去，蹭了蹭。

苏澜："Zzzzz……"

林森崩溃："啊啊啊啊啊我在干什么！"

林森抱着苏澜，“嗖”地变回了千年古树。

古树的树冠都红了，本来翠绿翠绿的叶子变成了暖红色，像深秋的枫。

06

作为一株千年古树精，林森有一项特殊的技能——

他可以用妖力自如控制植物生长成熟的时间。

起初林森不知道这种技能拿到人类社会里有什么用，后来经一位在人类社会混得风生水起的狐狸精提点，林森开了家花店。

店里压根儿不用进货，客人要什么花，分分钟长出来，而且花又大又漂亮。

林森还用妖力鼓捣出了几个好看的新品种，非常作弊，花店的生意自然很好。

苏澜在后面的卧室里睡腻了，就跑到店里睡。

有时睡着睡着一睁眼睛，周围就盈满了大朵的花，芬芳馨香。

而林森，总是一脸欲言又止地藏在锦簇的花团后。

有一次，苏澜醒来时，整个屋子里都开满了红艳如火的玫瑰。

林森别别扭扭的：“喂，今天情人节。”

苏澜慢慢地把头转了三十度，鼻尖凑到玫瑰花上，深深地闻了一口：“好……香……啊……情……人……节……是……什……么……”

林森急得快厥过去：“情人节，就是两个互相喜欢的人在一起过的节！我给你准备的资料你是不是都没看？”

苏澜慢吞吞地揉眼睛：“我……一……天……看……十……行……”

林森着急：“那五百页要看到什么时候？”

苏澜缓缓抬手拍他肩膀，三十秒，拍了三下：“别……急……妖……怪……又……不……会……老……”

林森望着那张漂亮又呆萌的脸蛋，笑了：“行，你有理。”

苏澜：“嗯——”

林森正色道：“苏澜，我告诉你个事儿。”

苏澜：“嗯？”

林森深吸了口气，简单又直接道：“我喜欢你，我想亲你。”

苏澜的面颊慢慢地红了起来，随即缓缓把脸蛋埋进臂弯里，看似羞涩地趴在桌上，不说话。

林森唇角一扬，坐下用腿碰了碰苏澜的腿：“那个……你喜不喜欢我？我们在一起吧？”

苏澜：“Zzzzz……”

林森：“……”

店里的玫瑰花瞬间全谢了。

07

林森伤心欲绝地趴在苏澜旁边的桌子上，看着苏澜干净可爱的睡颜。

苏澜一定是不喜欢我，林森想。

他想起两个人在雨林里相依为命的一幕幕，越想越难受，不住地长吁短叹。

好端端的千年古树，为什么要成精呢。

成精了才会难过，成精以前多好，头上有太阳晒，脚下有水吸就满足了。

这时苏澜眼睛突然挣扎着睁开一条缝，急切地慢吞吞道：“我……也……喜……欢……你……”

林森被突如其来的幸福冲击得头晕目眩，不敢相信：“那我刚才和你告白，你怎么睡着了？”

苏澜慢慢抬手捂脸：“我……就……想……趴……在……桌……子……上……害……羞……一……下……”

林森：“……”

苏澜脸红：“没……想……到……一……趴……下……就……睡……着……了……”

生怕苏澜再睡着，林森当机立断，勾起苏澜的下巴，两人嘴唇贴嘴唇，温柔地蹭了蹭，又使劲贴了贴。

电视上看到人类好像就是这么亲的。

苏澜脸蛋更红，又想把脑袋藏到手臂里：“哎……呀……”

林森急忙制止道：“你可别再趴了，你一趴下就睡着。”

苏澜慢悠悠地笑，慢悠悠地抬手戳了戳林森的脸，道：“你……

叶……子……红……了……"

林森沉默了片刻，纠正道："宝贝儿，这叫脸。"

08

在一起之后，林森开始观察苏澜的生活作息时间。

他发现，基本上苏澜一天可以睡足二十个小时，而其余的时间，有三个小时用来慢吞吞地享受食物，还有一个小时慢吞吞地上厕所和洗澡，最连贯的清醒时间都集中在吃饭和泡澡上，可以连续清醒半个多小时。

然而无论怎样，苏澜都并没有给亲热留出任何时间！

这天苏澜醒来，林森满怀期待地看着苏澜，想看看自己老婆对昨天半夜的"啪啪啪"有没有什么印象。

哪怕做个春梦什么的，总也算是有点儿互动啊。

然而苏澜只是慢吞吞地用三十秒在自己腰上揉了两把，道："有……点……酸……"

林森："……"

苏澜很快就释然了："没……事……我……们……先……吃……饭……"

林森急了："你没事，我有事。"

苏澜缓缓抬头："嗯？"

林森很焦急，直白道："我们在一起这么久了，还没好好那什么过一次呢，你总是睡觉。”

苏澜慢慢扁扁嘴，慢慢垂下头：“对……不……起……我……太……懒……了……”

林森见了苏澜委屈的小模样，之前的硬气顿时飞到九霄云外，连忙把小懒蛋抱到餐桌旁边放在膝盖上，拿了根鸡腿好声好气地哄着：“你懒我也喜欢。”

苏澜可怜巴巴地看着鸡腿，“咕——咚——”咽了一口口水：“你……不……喜……欢……我……了……”

林森在苏澜愁眉苦脸的小脸蛋上狠狠亲了一口：“真的，我喜欢你，我就喜欢你懒，我还是棵树的时候就喜欢看你抱着我睡觉。”

毛茸茸的小树懒，全心全意地依偎着自己。

那种被信任、依赖的感觉，像暖融融的水流，顺着韧皮部的筛管，和有机养料们一起，流经林森的全身，让这株修行千年的古树，有了心。

你就是我的心啊……

我怎么可能不喜欢你。

林森把下巴埋在苏澜软绵绵的发间，喂苏澜吃鸡腿。看着那张小嘴吃得油汪汪的，腮帮子慢悠悠地一动一动，林森忧伤又宠溺地叹了口气，心想不和谐就不和谐吧，老子以前当树的时候可是连丁丁都没有，现在有得用就不错了，哪那么多要求。

09

苏澜吃饱饭，蜷在林森怀里又睡过去了。

林森抱紧怀里的小东西，拿起手机，随手打开上次发帖的论坛。

他平时没事的时候就经常去这些地方看人类的各种八卦，学习人类的心理，观摩人类的生活，紧跟网络潮流，什么“婆媳大战”“小三正室撕比”“扯叼 818”，什么都看点儿，省得不小心露出马脚被人当成异类。

他上次发的那个帖子已经飘红了，标题旁边一个小小的“HOT”，大家都在下面哈哈哈哈成一片，讨论树懒成精的可能性。

林森摇头笑了笑，正想关掉页面，就突然看到有一个人在下面回复道：“LZ 你是不是傻啊？那不还有吃饭三个小时洗澡一个小时吗？四个小时不够你啪啊？谁规定吃饭和洗澡的时候不能“啪啪啪”了？”

一语惊醒梦中人。

林森目瞪口呆，手机“啪”的一声掉在地上。

新世界的大门就这样轰然洞开！

什么吃饭 PLAY，什么洗澡 PLAY……解锁了新方式之后，林森完全停不下来。

作为一棵本来连丁丁都没有的树来说，树生至此，真的非常圆满了。

这天的最后，被折腾得又困又累的苏澜果断睡倒在浴缸里，林森帮苏澜清理干净，哼着歌抱回卧室放在床上，自己则躺到后面把小懒蛋整个环在怀里。

两个人安宁而充满爱意的心跳，扑通扑通，融合在一起。

就像很久很久以前的每一个日日夜夜。

潮湿的热风从苍穹落下，搅动雨林凝练如琥珀的空气。

树冠被风压得发出细碎的“哗哗”声，仿佛古树吟唱的歌谣。

趴在树上的小树懒听着这声音，安心地闭上了眼睛，小小的心脏在胸腔中发出扑通扑通的声音。

扑通、扑通……

扑通、扑通……

扑通、扑通……

不知道从哪一天起，古树的心跳与小树懒的心跳默默地发生了共鸣……

故事的第一笔便从那里被写下，命运的笔尖蘸饱了隐形的墨水，悄悄落在树叶上，一笔一划。

岁月温存，时光不语。

【番外】

在林森用心的经营下，他的花店生意一直不错，除去自己和苏澜日常的吃穿用度之外还颇有盈余，于是林森用存款买了一辆经济实用的小轿车，还抽时间考了驾照。

提了车，林森想带苏澜出去玩玩，苏澜变成人这么久了，每天清醒的时间要么是在花店要么就是在家，都没怎么出过门。而且可能是渐渐习惯了人类形态的缘故，苏澜的睡眠时间在缓慢地减少，从每天睡二十小时慢慢变成了每天睡十九个小时……

真是非常可喜的进步！

于是这天，林森载着苏澜去 S 市前段时间在开发区新建的游乐场。

小轿车飞驰在路上，苏澜在副驾驶打了个盹儿，悠悠醒来，望着窗外感叹道："车……真……快……啊……"

"可不。"前面没车，林森猛踩了一脚油门道，"来，让你体验一把高速移动的感觉。"

苏澜缓缓转动着眼珠，看着不断变化的风景道："我……都……看……不……过……来……了……"

过了一会儿，苏澜兴高采烈地指着窗外道："哇……噻……你……快……看……这……湖……好……漂……亮……"

林森稍稍一偏头，并没有看到任何湖。

苏澜悠悠道："已……经……开……过……去……啦……"

又过了一会儿，苏澜又发现新大陆一样道："哇……噻……这……个……雕……塑……真……好……看……"

林森又转过去看，意料之中地没有看到任何雕塑。

苏澜不好意思道："又……开……过……去……啦……"

林森提了个建议 ："下次着急的时候可以不用语气词，能省一点时间。"

苏澜乖巧点头："那……以……后……不……说……哇……噻……了……"

林森忍不住笑出声："嗯，真乖。"

话音刚落，苏澜脑袋一歪，睡着了。

半个小时后，两人到了游乐园。林森先去买好了票，从后备箱里拿了些零食和水背在包里，然后才去打开副驾驶的门，把苏澜抱了起来。

苏澜仍然睡得昏天黑地，林森也没出声，锁了车抱着苏澜去排云霄飞车。

排队的人很多，林森把苏澜两腿放在地上，又把苏澜一条手臂搭在自己肩膀上，让小树懒站着睡。

不明真相的围观群众："……"

都病成这个样子了就不要坐云霄飞车了啊！

等了好一会儿，终于排到了，林森捏捏苏澜的脸蛋，叫道："宝贝儿醒醒。"

苏澜睁开眼，十分惊讶："这……是……云……霄……飞……

车……啊……”

“对啊，特刺激，特吓人。”林森扶着苏澜坐进去，自信满满道，“你坐这个肯定睡不着。”

苏澜慢慢点头：“肯……定……睡……不……着……的……我……胆……小……

云霄飞车缓缓行至最高处，在游客们或兴奋或惊恐的叫声中闪电般俯冲而下！

林森放声大叫：“啊啊啊啊啊！”

苏澜也慢悠悠地放声大叫：“啊……啊……啊……啊……啊！”

林森顿时不那么害怕了而且居然有点儿想笑。

林森冲苏澜大叫：“怎么样？是不是特别刺激？”

然而苏澜已经被吓到昏倒并且顺势睡了过去！

林森：“卧槽，你不是吧？”

苏澜：“Zzzzz……”

林森顿时拜服得五体投地。

在运行中的云霄飞车上睡觉，简直前无古人后无来者。

云霄飞车停下，林森无奈又好笑地把苏澜戳醒：“醒醒，醒醒，坐完了。”

苏澜醒来，慢吞吞地打了个激灵：“吓……死……我……了……”

林森好笑：“你都被吓晕了。”

苏澜心有余悸道：“我……做……噩……梦……了……梦……

见……自……己……来……来……回……回……地……跳……楼……”

林森：“……”

在云霄飞车上睡觉可不是要做噩梦么！

接下来，林森抱着苏澜在游乐场里玩各种项目，还给苏澜买了一大团草莓棉花糖。

苏澜窝在林森怀里吃棉花糖，吃着吃着就睡着了。手一松，云朵般蓬松柔软的棉花糖覆在苏澜脸上，林森无语地低头用嘴把棉花糖叼开，让苏澜把鼻孔露出来喘气儿。

就这么睡睡醒醒的，两个人又玩了海盗船、太空章鱼、沙漠风暴、恐怖谷……夕阳西下时，林森抱着苏澜去坐摩天轮。

摩天轮的座位被阳光晒得暖融融的，慢悠悠地转动着，升到最高处时透过澄净的玻璃可以看到游乐场的全貌，苏澜眯着一双漂亮的眼睛，打着哈欠道:“摩……天……轮……好……催……眠……啊……”

林森乐了：“对你来说什么不催眠？”

苏澜抿着嘴笑：“都……催……眠……”

顿了顿，苏澜又道：“你……不……催……眠……我……看……见……你……会……心……跳……”

林森心底涌上一阵暖意，正想顺势和苏澜亲热一下，苏澜就“扑通”一声栽倒在座位上，睡着了。

显然林森的魅力抵不过摩天轮催眠的功力！

林森："……"

暮光的渲染下，苏澜的睡颜恬静又美好，林森低头吻了下去，含着苏澜果冻般滑软的唇瓣，忘情地吸吮着。

苏澜被亲醒了。

苏澜："我……又……做……梦……了……"

林森眉毛一挑："嗯？"

苏澜望着与自己咫尺之遥的林森，笑得很好看："我……梦……见……你……亲……我……"

林森再次吻住苏澜："小笨蛋，那不是梦。"

摩天轮继续缓慢地转动着，夕照中凝练如琥珀般的时间悠悠流淌，初夏的暖风在摩天轮的钢铁支架中穿梭，激起微弱的风声，宛如甜蜜的私语。

SWEET
things
玫瑰精与含羞草精

飞机平安降落了。

韩修坐在靠窗的位置，两条细瘦的腿紧紧并着，整个上半身以一个倾斜的角度贴在机舱壁上，与自己左手边占座面积约为常人 1.5 倍的大叔勉强保持出一小段距离。

大叔起身拿行李，站起来时胳膊肘不小心碰了一下韩修的手臂。

韩修立刻“嗖”的一下在座位上蜷成了一小团！

两腿弯起，双手抱膝，脑袋死死埋进手臂中，整个人像一只蜷起的小虾米一样。

三秒钟后，韩修又在大叔复杂的目光中恢复了舒展的姿态，清秀的脸蛋不好意思地涨红了。

被碰到就蜷缩并不是因为韩修害羞。

当然韩修的确也是比较容易害羞……

但根本原因在于，韩修本人其实是一株成了精的含羞草。

被其他的生物碰触到身体时，以及感官方面受到严重刺激时，韩修都会立刻不由自主地蜷缩成一个小团团，持续一段时间后才会恢复正常的样子。这是一种残留在韩修意识中的本能，虽然修炼成人形之后可以慢慢改掉，但韩修都当了好多年的含羞草了，可化形成人不过才半个月的时间，刻在叶子里的习惯并没有那么容易改。

比如说韩修之前寄住的那家花店的老板娘苏澜就是一只成精的树懒，化出人形之后好长时间过去了，才勉强从每天清醒 4 小时变成每天清醒 5 小时。

等机舱里的人都下得差不多了，韩修才拿起自己的行李箱走下飞机，同时掏出手机打电话。

电话很快接通了，一个磁性温柔的男声在韩修耳边响起："喂，你好。"

"……"韩修脸又是一红，松开行李箱往地上一蹲，双手环住自己，再次缩成一个小团团！

对方说话的声音太好听了！小含羞草感觉自己受到了严重的刺激！

三秒钟后，韩修站起来，一板一眼地按照人类的礼节开口道："叶威先生，您好，我是韩修，抱歉我刚刚没控制住……"

韩修越说声音越小，最后那轻柔温软的声音干脆完全消散在电波中，无法被耳朵捕捉到了。

叶威和气地笑了笑，安抚道："没关系，林森和我说过你的情况，我在接机口这里等你，你出来就能看到我。"

也不管电话那边的人能不能看见，韩修照本宣科地按照人类礼仪对空气点了点头，礼貌挥手道："好的，叶先生，待会儿见。"

这个叶威其实和韩修一样，是某家花店里一朵成精的花，只不过他们一个是玫瑰精，一个是含羞草精，而那家花店的老板和老板娘则分别是树精和树懒精。

因为同样是修炼成精的植物，所以身为花店老板的树精林森平时会格外留意店里有成精潜质的植物，发现之后便会慷慨地分一些妖气过去，帮助那些植物加快修炼的速度，简而言之就是催熟。

在植物们成精化出人形后，林森会教给他们人类社会的基本常识，还会负责帮他们找一份至少能养活自己的工作，毕竟在这个人类占据主导地位的世界中，小妖精们想愉快地生存下去必须要学会互相扶持帮助才行。

叶威就是店里最早被林森催成精的那批植物之一，很幸运的是他具有玫瑰花的特质，外形华丽俊美，性格开朗热情，又有魅力又爱撩，所以某天叶威在林森介绍的冰激凌店打工时碰巧被星探看中，进入娱乐圈，并且凭着一部大热的偶像剧一炮走红，现在已经是家喻户晓的国民小鲜肉了。

而林森觉得韩修的外形也相当不错，人类形态的脸蛋和身材都是一流，有进军娱乐圈的本钱，想着可以让叶威试试把韩修往娱乐圈带一带，这就把韩修托付给他了。

刚成精的小含羞草拖着行李箱，兴奋又忐忑地走在路上。从这里到接机口人很多，时不时有步履匆忙的人与韩修飞快地擦身而过，韩修每被人碰一下就“嗖”地蜷一下，十分钟后，这株小含羞草终于毫无效率地走到了接机口……

远远地，韩修看见一个身上有妖气的男人在冲自己挥手，于是忙加快步子走过去。

戴着口罩和墨镜的叶威语气笃定地确认道：“韩修？”

“是我，您好。”韩修一紧张，弯腰行了个礼。

“哈哈，你好。”叶威愉快地笑了起来，“不用这么客气，把我当哥哥就行了。”说着，他一边引着韩修往外走，一边伸手去拉韩修的行李箱，这个动作令两人的手指轻轻碰了一下。手指碰触到的一瞬间，韩修脸一红，闪电般缩回攥着行李箱拉杆的手，一秒钟蹲在地上蜷成小团团！

叶威：“……噗。”

“对不起对不起！”三秒钟后，韩修面红耳赤地跳了起来，因为站得太急还头晕了一下，“我以后一定改！”

叶威帅气地挑了挑眉毛，慢悠悠道：“没关系，很可爱啊。”

他他他……他说我可爱！

猝不及防遭遇称赞的小含羞草瞬间又不争气地双手抱膝蜷了起来！

韩修缓过来之后，两人走到停车场。

叶威将可以竖立起来滚动的行李箱放在自己侧边推着，走在前面开路，韩修亦步亦趋地跟在他后面，一路上完全没被人碰到。

走到车前时，叶威回头看看韩修，墨镜后的双眼好像是笑着的。

“有我在，是不是特别有安全感？”叶威柔声问。

韩修立刻用力点头：“是！”

叶威墨镜后的笑容更明显了，他帮韩修拉开车门，又绕到后面放好行李，随即坐进驾驶位，关上车门如释重负般摘掉墨镜和口罩。像是故意要让韩修看看自己的脸似的，叶威转头正视着韩修，关切道：“会系安全带吗？”

“我会的。”安全带的系法林森教过，韩修笨拙地扯过安全带正要扣上，目光却正正对上了叶威的脸。

一张俊美得无可挑剔的脸，翘起的唇角和一双含笑的黑眼睛。

“啊……呃……”韩修红着脸结巴起来，却又不知道自己想说什么。

“嗯？”叶威发出了一个磁性的上扬音，笑盈盈的眼睛探询地眨了眨。

一瞬间，简直好像有阳光忽然从哪里洒进来了一样。

“没，没事！”韩修再次一秒钟蜷成小团团！

手里没系好的安全带唰地弹了回去，韩修双手捂脸，两脚离地，膝盖拼命朝胸口的方向缩去。

这位玫瑰先生简直太好看了啊！

小含羞草遭受了空前绝后的雄性荷尔蒙攻击，羞涩得团起来就不动弹了。

于是，一分钟后……

叶威温柔地问道：“你能展平了吗？”

“……”韩修仍然一言不发地蜷着。

叶威明知故问：“我刚才好像没有碰到你，怎么害羞成这样？”

“……”韩修露在指缝外的皮肤愈发红若火烧。

“不会是蜷得抽筋了吧？”坏心眼的玫瑰先生伸手，将整只手掌按在韩修屈起的膝盖上，往下按了按。

韩修打了个激灵，顿时蜷得更用力了！

叶威忍笑道：“别怕别怕，我不碰了。”

又是一分钟过去，就在叶威发自肺腑地担忧起韩修的抽筋问题时，韩修终于舒展开了。

面红耳赤的小含羞草低着头匆匆系上安全带，双手不安地握着拳放在膝盖上，急切地解释道：“不好意思，我也不知道我刚才怎么了，你一眨眼睛我就忽然大脑一片空白了……”

“那我就不眨眼睛了。”叶威玩笑道，一双深邃漂亮的眼睛专注地凝视着韩修。

韩修与他对视了三秒钟，随即再次咻地蜷成一团！

我怎么什么事都没有就乱蜷啊！完了完了，我一定是坏掉了……小含羞草惊恐地想。

叶威无声地笑了起来，发动汽车朝家的方向开去。

这一刻，玫瑰先生愉悦得就像一株抓到了小虫子的猪笼草。

叶威住在某商业区附近的一幢高级公寓，房子不大，两室一厅，为了迎接韩修的到来，叶威将原本空闲的房间整理了一番，购置了单人床、大衣柜、书架、书桌等各种韩修可能用得上的东西。

韩修走进房间看见那些崭新的家具，感激得不得了，连连鞠躬道谢。

叶威含笑制止了韩修的三鞠躬，温和道："不用这么客气，我们都是一家花店出来的，何况林森特意叮嘱我让我好好照顾你。"

韩修热泪盈眶地一点头："嗯！"

完全是懵懂山村小朋友进城投奔同乡的既视感！

叶威心情愉悦："坐了这么久飞机肚子饿了吧，简单收拾一下我们去吃饭。"

韩修乖巧地应了，蹲下打开箱子把自己的全部家当拿出来归置整齐。

韩修的全部家当包括——两套换洗衣物，一个"住"了很多年的旧花盆，一个塑料小喷壶，一把做造型臭美用的小园艺剪，一大包养花专用土，以及一大瓶家庭园艺浓缩肥料……

叶威在一旁无声地笑了。

果然还是新生的小花妖，生活习惯完全没拧过来。

这时韩修起身："我收拾好了。"

叶威迅速敛起笑容，柔声问："喜欢吃什么，我带你去。"

韩修瞟了一眼那瓶家庭园艺浓缩肥料，吞了口口水，违心道："我吃什么都可以的。"

叶威："能适应人类的食物了？"

其实韩修还不是很适应人类的食物，作为一株曾经的植物，吃肉的感觉让韩修觉得很奇怪，吃菜的话则完全像是在吃自己的同类！

然而害羞的小含羞草不想拂了对方的好意……

于是韩修弱弱地点头道："嗯，能的。"

但韩修真的很不会撒谎。毕竟撒谎这种事林森可没教过，完全靠自学。

所以韩修嘴上虽然答应着出去吃，目光却仍然锁定着地上的那瓶园艺肥，表情还特别馋！

叶威几乎憋笑出内伤。

"其实我倒是还不太适应人类的食物。"叶威话锋一转，弯腰拿起地上那瓶园艺肥，舔了舔嘴唇道，"这个看起来很好喝。"

于是三分钟后，两个人肩并肩坐在沙发上，一人手里捧着一杯按比例调和过的园艺浓缩肥。叶威还在两个杯子里分别加了冰块，又切了两片柠檬片插在杯沿上，可以说是非常讲究了。

"干杯，欢迎你的到来。"叶威风度翩翩地和韩修撞了一下玻璃杯，微笑道，"以后这里就是你的家。"

"谢谢你。"韩修眼睛亮晶晶，低头小口小口喝着香甜的肥料，心里特别满足！

也不知道叶威的那些迷弟迷妹们看见自家爱豆喝肥料喝得津津有味的样子时会作何感想……

两个人美美地吃了一顿肥料。

叶威将杯子洗干净，擦着手上的水珠朝韩修走来，道："我今天没有通告，可以一直陪你，下午想做些什么？我带你去商场逛逛买几件新衣服？”

“唔……”韩修迟疑着，目光诚实地飘到了窗外。

今天阳光很好，露台的白色栏杆被晒得愈发耀眼。

作为一株喜阳植物，韩修完全无法抗拒阳光这个小妖精的诱惑，只要一想起自己叶子中的叶绿素在阳光照射下轻快活泼地跃动着的样子，再想起光合作用带来的酥麻快感是如何沿着叶脉攀升的，韩修就忍不住惬意地眯起了眼睛。

将二氧化碳和水转变成让自己活力满满的有机物，再打上一个充满氧气的饱嗝……简直不能再棒了啊！小含羞草想着，充满向往地望着窗外明丽的阳光。

叶威有趣地观察着把一切都写在了脸上的韩修，十分善解人意地提议道：“今天太阳这么好，不然我们在窗台上晒一晒？”

玫瑰和含羞草一样是喜阳的植物。

韩修表示同意，一双大眼睛立刻变得炯炯有神：“好啊好啊！”

说完，像怕叶威改主意似的，韩修一阵风般冲回卧室拿花盆。

途中还因为跑得太快不小心踢了一脚体重秤，整个人瞬间蜷缩三秒钟！

是的，就算再着急也要蜷够至少三秒才能展开！破习惯真的很讨厌！

“不用这么着急啊。”叶威有点想笑又有点心疼。

两个人各自搬着自己的花盆来到阳台。

韩修的花盆已经用了很久了，自从从花卉大棚进了林森的店之后就一直在用。而林森一开始也没看出来韩修能成精，随手给了个小破盆，就是那种最普通的赭石色瓦盆，上面还画着一只丑丑的梅花鹿，边缘有一道小小的裂纹……

而叶威的花盆则和他俊美迷人的外形非常搭配，那是一个掐丝珐琅景泰蓝大花盆，盆身绘制着五光十色的花朵与蝴蝶，相当的奢华浮夸！

叶威看看韩修可怜的小花盆，语气温和道："储藏室里还有一个新花盆，我给你拿过来。"

"不用的。"韩修摇摇头，仰起脸诚恳道，"我很喜欢这个花盆，用久了有感情。"

就像人类有时也会有一些舍不得丢掉的、有纪念意义的家具或是小物事。

"好，听你的。"叶威唇角一翘，觉得宝贝地抱着小破花盆的韩修有种特别的萌感。

接着，韩修把自己专程从林森花店里带过来的园艺土拿出来，分别倒进两人的花盆中，乖巧道："林森哥说你以前可喜欢这种土了，所以特意让我带了一大包来，他说不够的话可以快递给我们，这种土是他自己调的，别的地方买不到。"

"好啊。"叶威悠悠地应着，吸吸鼻子，果然嗅到了令人怀念的旧时光的味道，他的心情变得更好了，感觉眼前的小含羞草仿佛又可爱了几分。

铺好了土，两个花妖变回原形稳稳地扎根进花盆里，享受着下午的太阳，尽情进行着光合作用。

一阵清风拂过，那朵盛放的玫瑰花被风吹得摇晃起来，红硕而沉重的花朵好巧不巧地碰了一下含羞草纤细的绿茎，含羞草那羽毛状的叶片立刻羞答答地合了起来。

过了一会儿，含羞草重新舒展开，然而随着又一阵风拂来，被风吹得摇摇晃晃的玫瑰花又用花朵碰了一下含羞草的叶茎，含羞草又“咻”地合了起来。

韩修：“……”

还让不让人好好地光合作用一会儿了！

第三阵清风拂来时，小破花盆的方向忽然传来韩修小心翼翼的抗议：“叶威哥，你能不能别总拿你的……那个……碰我的大腿？”

景泰蓝花盆的方向传来叶威温柔中带着一丝揶揄的声音：“抱歉，刚才是风吹的，我注意。”

小含羞草并没有多想，专心致志地张着小叶片，翘着自己白白净净像雪绒一样的小圆花，惬意地享受起阳光。

流氓玫瑰则开始暗搓搓地生产花粉。

一个温馨且满溢着花香的美好午后就这样过去了！

韩修安顿下来了，就开始琢磨找工作的事情。

起初叶威雇韩修给自己当助理，一是小东西跟在自己身边叶威比较放心；二是韩修外形条件好，跟着自己到处跑跑多认识些圈子里的人，说不定能碰到一些露脸的机会。可是跟着叶威跑了几天之后，韩修发现自己根本无法胜任明星助理这种工作，因为拍摄现场总是很多人，根本不能避免肢体碰触，一天蜷个几十次都算少的。

别人不小心碰一下，韩修“咻”地蜷起来；哪个演员的手机铃声太响了，韩修“咻”地蜷起来；导演大着嗓门训人，韩修“咻”地蜷起来；盒饭太烫，韩修摸了一下，“咻”地蜷起来……

我简直就是个废物！还不会克制本能的小含羞草愁得大把大把掉头发，几天下来，变回原形的时候叶子都显得稀疏了很多。

玫瑰先生看在眼里，心疼了。

这天工作结束，两人回到家，叶威坐在沙发上松了两颗领扣，冲换完拖鞋却仍然站在门口默默发呆的韩修招招手，道：“过来坐，我有话对你说。”

怀着要被辞退的预感，韩修苦着一张小脸走过去坐在长沙发上，和叶威之间隔了大约二十公分的安全距离。

叶威沉吟了片刻，还是选择了开门见山，他坦诚道：“我个人觉得你不是很适合助理的工作。”

“我知道。”韩修垂着头摆弄自己的衣角，摆弄了一会儿，抬头小心翼翼地瞄了叶威一眼，道，“叶威哥，其实我知道，其他的工作我也都做不来的……”

叶威无所谓地笑了笑，语调轻快道：“其实你不一定非要去工作，苏澜不也一天睡二十个小时。”

韩修认真地纠正道：“苏澜哥现在一天只睡十九个小时了。”

好一个“只睡”！

“这个不重要。”叶威道，“我的意思是，只要苏澜在自己身边，林森就满足了。”

韩修红着脸眨了几下眼睛：“那不一样，他们是恋爱的关系啊……”

叶威稍稍把身子贴过去一些，说悄悄话一样伏在韩修耳边，轻声问：“那么，你想恋爱吗？”

说话时，叶威唇齿间微润的气流轻轻打落在韩修敏感的耳朵上，韩修怔了一下，踢掉拖鞋“咻”地蜷在沙发角落里，蜷得圆圆的。

小东西又害羞了啊……腹黑的玫瑰先生笑得肩膀直颤。

过了一会儿，韩修展平了，不好意思地回答了叶威之前的问题。

“我想恋爱啊。”韩修不安地答道。恋爱这个东西，韩修只见林森和苏澜谈过，而那两个人天天都是一副很幸福的样子。变成人之后韩修在林森的紧急特训中也多少了解了一些恋爱的概念，当然，都是正面的概念。所以在韩修的认识中恋爱就是一件特别特别好的事，而好的事情韩修当然会向往，不过……

“但是我想先有份能养活自己的工作，听林森哥说谈恋爱是要花钱的。”韩修严肃地答道。

要能带着恋爱对象吃吃吃买买买才行啊！

所以非常有志气的小含羞草想要先立业再成家！

叶威赞许地点点头，温和道："那样的话，恐怕就要把你的习惯稍微改一改了。"

"好！"韩修正襟危坐，紧张道，"林森哥说我如果想尽快改掉这个习惯，最好就是叫人不停地刺激我，习惯了也就会好了。"

叶威略担忧："不停地刺激不会出问题吗？"

韩修带着点小小的得意道："如果是还没成精的时候，刺激多了搞不好会死掉，但是成精就不怕了。"

这是因为植物精怪的耐受力要比真正的植物强悍得多。

"那我就不客气了。"叶威笑眯眯地伸出一根手指，细细地端详着面前坐立不安的韩修，自言自语道，"该碰哪里呢？"

韩修天真道："哪都可以的。"

"好的。"叶威伸手，用食指暧昧地按了一下韩修的嘴唇，道，"真软。"

韩修倒抽一口冷气，"咻"地缩起来。

三秒钟后，韩修红着脸展开，不服输道："再来。"

于是臭不要脸的叶威就又按了一下韩修的嘴唇……

韩修又蜷了起来。

再次展开时，韩修忍不住小声问："叶威哥，你能不能换个地方碰？"

“好啊。”叶威从善如流，摸了一把韩修红扑扑的小脸蛋。

把脸整个埋进膝盖里的韩修露出两只红得快要爆炸的耳朵，等韩修再抬起头时，叶威善解人意地问：“也不喜欢被摸脸？”

韩修不好意思地点点头。

叶威露出一个纯良的微笑，动作轻柔地捻了捻韩修几乎有点儿烫手的耳垂。

韩修不由自主地轻哼了一声，歪过头把耳朵抵在肩膀上蜷了起来。

这次韩修展开之后，还没来得及说话，叶威便抢先问道：“你有没有试过在受到刺激后被人固定住四肢不能动？”

韩修一下忘了自己之前想要说什么，懵懂地摇摇头道：“没试过。”

“试试？”叶威一本正经地提议，“我来固定住你的手脚。”

韩修不疑有他，飞快答应了：“好啊，但是叶威哥要怎么固定……”话还没说完，就被突然压过来的叶威压倒了。

“就这样固定啊。”叶威磁性低沉的声音里含着一抹撩人的笑意，他两只手臂压着韩修的手臂，腿也正好覆在韩修的腿上，用自己的体重将韩修压制得动弹不得。

遭遇了有史以来最大面积且持续时间最久的身体接触，韩修体内的每一个细胞都拉响了S级防御警报，然而被强制扳直的身体毫无蜷缩成团的可能。韩修又羞又急，脑门上霎时沁出一层细汗。

可怜的小含羞草焦虑地将两只手臂从叶威的钳制下勉强挣脱出来，然而下一秒，顺应本能蜷曲的手臂便勾住了叶威的脖子，将叶威当成了自己身体的一部分一般不由分说地抱紧了。

本来完全能抵御住这股力量的叶威却丝毫没有要反抗的意思，他顺应着韩修手臂的力量，整个人被按着愈发向下压去……

两人的嘴唇紧紧贴在了一起。

韩修不敢相信地瞪大了眼睛，本能地张开嘴巴艰难地说话：“叶威哥你坐起来……”

“你抱着我，我坐不起来啊。”叶威温和但毫无诚意地应道，顺势用舌尖轻轻碰了碰韩修的舌尖。

韩修惊呆了，脑子里“砰”的一声，像是有烟花炸开。

汹涌且不知名的难耐感觉令韩修思考不能，只能呆若木鸡地依照本能尽量将被侵犯的口腔封闭起来，然而这样做的结果就是含住了叶威的舌尖不松口。

越害羞就越是松不脱，越松不脱就越害羞——韩修将叶威越抱越紧，感觉到对方柔软温热的舌尖在自己口中愈发不老实起来，韩修体内运转的妖力都急得乱了套。妖气错流，韩修维持不住人身，“咻”地变回了原形。

叶威便宜占得正欢，身下却忽然一空，他低头一看，发现人形的韩修已经不见了，沙发上蜷着一株瑟瑟发抖的含羞草，洁净的根系暴露在空气中，看上去有点儿可怜兮兮的，韩修人形时穿的衣物则软塌塌地瘫在沙发上。

“你刚才抱我抱得真紧。”叶威先发制人道，“我都挣不开。”

简直就是恶人先告状！

小含羞草羞涩地蜷了起来。因为想想刚才的事简直太害羞了，所以韩修这次蜷得非常彻底，正常含羞草只是会在受到刺激时合拢叶片而已，韩修却把自己整个连根带茎都蜷了起来，除了那朵盛放的小白花之外，其余部分看起来已几乎是个圆溜溜的草球了。

“花开得很精神啊。”叶威把小草球放在掌心中托起来，用指尖碰了碰韩修精致可爱的小白花。

小含羞草立刻蜷得更紧了，看起来几乎快要把自己榨出含羞草汁了！

然而其他部位蜷得越紧，那朵盛开的小白花就显得越扎眼。

“你轻点。”叶威忙把含羞草放下，“别蜷坏了。”

过了一会儿，小含羞草实在是蜷累了，便不情不愿地展开变回人形，然后手忙脚乱地穿上衣服，脸红得像番茄成精了一样。

叶威见韩修紧张成这样，便不再纠结刚才的事，一本正经地问："我们继续练？"

韩修听了这话立刻瑟缩了一下，忙道："那不固定四肢了好不好？"

叶威忍笑点头："嗯，不固定了。"

韩修摸了摸自己的嘴唇，欲言又止了片刻，最后还是没好意思说什么。

虽然莫名其妙地丢了初吻，但毕竟是自己按下去的啊……

那肯定不能怪叶威哥！叶威哥人特别好！

于是就这样，一个白天过去了，单纯天真的小含羞草也被“人特别好的叶威哥”从头到脚摸了个遍。

因为被摸得太多太频繁，所以韩修总算是有点儿麻木了，被碰触到的时候蜷缩的速度比之前稍微慢了一些，似乎反射弧变长了。

可以说是有很大进步了！

毕竟多年养成的习惯不可能一天两天就改过来。

晚上，两人像往常一样，美美地吃了一顿园艺浓缩液体肥。

这种肥料是蓝色的液体，叶威将它调和之后倒进鸡尾酒杯里，再加点冰块和装饰，看上去完全就是植物界的“蓝色夏威夷”。

不愧是玫瑰先生，十分有情调！

吃饱喝足，还泡了个对植物来说很舒服的凉水澡，韩修拍着自己圆溜溜的小肚子躺在卧室床上，听着音乐培养睡意。

这时，虚掩的卧室门响了三下，叶威的声音从外面传进来：“可以进去吗？”

韩修乖巧道：“请进。”

叶威似笑非笑地推门而入，怀里还抱着一个枕头，他看起来也是刚刚泡完凉水澡的样子，容光焕发的神情让他的脸看上去更加俊美了，身上的睡袍带子系得很松，露出了胸口大半紧致匀称的肌肉，他推门而入的一瞬间，卧室里骤然充满了玫瑰暧昧的甜香。

“叶威哥有什么事？”韩修吸了口气，被叶威的香气迷得有些发昏。

“陪你睡觉啊。”叶威的语气与表情过于理所当然，以至于韩修的第一反应居然不是问“为什么要陪我睡觉”，而是忙不迭地往靠墙的地方挪了挪，腾了地方和一半的被子出来。

下意识地做完这一系列举动后，韩修才如梦初醒般眨眨眼睛，不解道：“可是叶威哥为什么要陪我睡觉？”

叶威不答，只是拧暗了台灯，掀起盖在韩修身上的被子躺进去，道：“你转过去背对着我。”

韩修迷迷糊糊地转过去，用后背对着叶威，叶威伸手便把韩修揽进怀里抱紧了。

韩修飞快蜷了起来，叶威便抱着那个背对着自己的小团子，嘴唇若有似无地擦过韩修的耳朵，低声道：“以后每天睡觉都这样抱着你。”顿了顿，叶威强调道，“为了帮你训练。”

语毕，叶威揽着韩修胸口的手臂明显地感觉到了一阵不正常的震颤——

他怀里的小含羞草心跳加速。

第二天早晨，叶威比韩修先醒来，睁开眼睛就看见韩修正舒舒服服地睡在自己怀里，四肢舒展放松，睡脸安然恬静。

昨天晚上韩修蜷着蜷着就累了，迷迷糊糊地睡过去之后就把什么本能反应全都抛到了脑后，搂着叶威睡得天昏地暗。

叶威垂眼看着韩修微微张开的两瓣嘴唇，环在对方腰上的手臂忍不住收紧了。

韩修被这个小动作吵醒了。

于是玫瑰先生再次心满意足地获得了含羞草的“蜷缩式拥抱”×1！

不过这回韩修学聪明了，在叶威再次顺水推舟亲下来之前及时变回了原形……

叶威在一旁目露怜爱地看着韩修那朵毛绒球一样可爱的小白花，努力克制着自己想凑过去亲一下的变态欲望！

于是就这样，训练每天都在持续进行着，在叶威“无私”的帮助下，韩修在受到刺激后的反应渐渐变得没那么严重了。一是这方面的反应本身越来越迟钝了，细微的碰触经常不会触发反应；二是蜷缩状态持续的时间从三秒减少到一秒多……总之都是非常可喜的进步。

这段时间韩修饭量大增，每顿饭从一大杯园艺肥变成了三大杯园艺肥，每天变回原形晒太阳光合作用的时间也从一个小时增加到了两个小时。

毕竟天天蜷来蜷去真的很消耗能量！

这天下午，没有通告要赶的叶威像往常一样和韩修一起在阳台上晒太阳。

正是怡人的夏日，阳光和煦，风中柳枝摇曳，不时有三两声鸟鸣从叶隙间抖落，细碎地飘进草丛里，惊起一只绚丽斑斓的蝴蝶。

这么漂亮的蝴蝶在城市中已经难以得见了，它扑了扑翅膀，翩然飞旋至空中，在几户人家的阳台上转来转去，最后落在叶威怒放的艳红花朵上。

玫瑰与蝴蝶，是很美丽的一幕，韩修在风中毫无防备地摇曳着自己的小白花，欢快道："这只蝴蝶真好看……"

话音未落，那只蝴蝶忽然振翅朝韩修飞了过去，沾满了玫瑰花粉的三对足在韩修反应过来之前不由分说地按在了他的小白花上……

"啊啊啊你别乱蹭啊！"韩修怔了一下，顿时羞耻得恨不能直接从阳台上跳下去。为了立刻赶走那只摸完了花之后又在自己身上其他部位蹭来蹭去的蝴蝶，韩修立刻变回了人形。

蝴蝶被突然变成了人的韩修吓跑了。

光着身子的韩修"嗖"地冲进屋子里，白皙纤细的身体上被蝴蝶蹭得东一块西一块的都是叶威的花粉。然而，在叶威也跟着变回人形追进屋子后，韩修身上沾染的那些花粉便也随着主人形态的改变而随之变成了另一种东西……

黏稠的、污浊的、糟糕的……白色液体！

都怪那只蝴蝶！

韩修低头看看自己的身体，原地惊呆了三秒钟，然后当机立断顺应本能，蹲在地上蜷成了一个白白净净的小团子。

这是小含羞草自有记忆以来遭遇到的最严重的一次刺激，其严重程度简直足够韩修蜷满三天三夜！

然而这时，韩修裸露在空气中的身体突然被一个温暖的东西包了起来。

——叶威把蜷成一团的韩修抱到了沙发上，放在怀里搂着。

“身上脏了，洗个澡去？”叶威语气平和地问。

韩修羞耻得一个字都不想说。

叶威：“不去？”

韩修：“……”

叶威轻笑：“难道是舍不得洗掉？”

韩修崩溃：“不是！”

叶威无视了韩修的否认：“那就再多给你一点好了。”

韩修顿时蜷得恨不得把脑袋都塞进肚子里：“……”

“逗你的。”叶威捻了捻韩修红透的耳垂，扯了件外套给他披上了，温柔道，“这种事要等你和我谈恋爱了才能做。”

“谈恋爱？”仍然蜷缩中的韩修稍稍偏过头，透过胳膊和大腿之间的缝隙露出一只亮晶晶的眼睛看着叶威。

“嗯，我想和你谈恋爱。”叶威把脸凑过去一些，透过韩修胳膊和大腿之间的缝隙与韩修对视，那双黑眼睛映着夏日的暖阳，熠熠地流着光，“我看见你的时候心里就酥酥痒痒的，听说这就是喜欢。”

酥的……

韩修在脑海中搜索着“酥”字的含义，这个字在释义中有细腻松软、酸软无力的含义，如果形容食物则是松脆，不过心不是食物，那么……韩修稍微展平身体，看一眼叶威，低头看看自己的心口，再看一眼叶威，再看看自己的心口。

非常努力地在梳理自己的感受……

过了一会儿，韩修小声道：“那我的心也是酥酥痒痒的啊。”

叶威毫不意外地翘起嘴角，抬手轻轻勾起韩修的下巴，韩修努力克制着自己想要蜷缩的本能，向叶威的方向仰起脸，两人的嘴唇碰在一起。

一吻下来，激动的小含羞草再也克制不住蜷起来的冲动了，像那次在沙发上一样，韩修用双手勾住叶威的脖子把人朝自己按了下来，两条腿也缠住了叶威的腰，整个人再次蜷成一团的时候，也顺势把叶威死死地抱住了。

“不讨厌我这样吗？”叶威问。

“不讨厌……”韩修小声答。

“这算是和我恋爱了吗？”机智的玫瑰先生趁机确立关系。

“唔，听说谈恋爱特别好……”韩修应道。

因为之前有放话说要先立业再成家，为了不自打脸，韩修一板一眼地补充道："其实前段时间你不在家的时候我天天上网学东西，我现在会摄影，会做图，还看了很多销售管理的书……"

叶威被这一番突如其来的话说得有点儿懵，温柔又困惑地笑问道："这是什么意思？"

"就是我正在筹划开网店，我觉得在家里工作很适合我的。"韩修抿了抿嘴唇，眼中闪烁着对事业和爱情的向往，"我很快就能赚钱了，到时候我带你吃吃吃买买买呀。"

先成家，晚一点点立业应该也是可以的，我只晚一点点……小含羞草认真地想。

叶威被韩修逗得不行，虽然有点想笑，但他并没有打击韩修的积极性，而是一本正经道："好啊。"

于是，在这个温馨美好的夏日午后，小含羞草猝不及防地就成家了！

成为了新郎的玫瑰先生表示含羞草越害羞就越蜷紧的特性在那啥的时候就体现出好处了。

简直不要太舒爽！

确立关系之后，两个人过上了幸福快乐的生活。

在叶威不断的刺激训练下，韩修对克制本能一事越来越习惯了，一般的碰触已经很少会让韩修出现蜷缩反应，韩修可以过上平常人的生活了。但可能是性格使然，腼腆的韩修仍然不太喜欢在现实中面对面和人打交道。于是一段时间后韩修真的自己开了一家售卖园艺用品的网店，除了进货之外不大需要出门，和顾客交流又都是在网上，十分符合韩修的性格。

网店初期没有信用度，生意比较惨淡，林森的花店和叶威假装的客人几乎包揽了韩修起步阶段的所有订单。不过，随着信用度的提高，韩修的小店真的越开越好了。这家小店不仅物美价廉，老板态度亲切礼貌，而且身为一株植物，韩修对其他植物的需求了解得非常透彻，只要买家传一张花卉的照片或是一小段视频来，韩修就能立刻为买家推荐最合适的园艺用品。

“亲，您看您养的小花一脸没有安全感的表情，一定是根系生长得不够牢固，建议您买一盒促进根系生长的生根粉，14 块 8 一盒，全场满 50 包邮的……”

“亲，您养的月季一直在抱怨根部痒痒，一定是土里生虫子了，建议您买这种杀虫剂……”

“亲，您养的多肉说您用的是球根土，它住得不舒服，建议您最好使用这种多肉专用土哦……”

……

生意特别红火！

结束了一天的工作，韩修伸了个懒腰，起身在屋子里看了一圈。

叶威还没回家。

于是韩修便暗搓搓地坐回电脑前，打开一个被隐藏在层层文件夹之中的神秘文件夹，点开一个珍藏的小视频看了起来……

没错，老公不在家的时候，寂寞的小含羞草忍不住要发泄一下！

看看小电影什么的！

电脑屏幕上，是三五只蜜蜂和蝴蝶在一片繁盛花丛中飞来飞去的景象，它们停在一朵花上，沾点儿花粉，再飞到另一朵花上……如此这般，把花粉传播得到处都是。

天、天下怎会有如此淫乱之事！学坏了的小含羞草看着花片儿，面红耳赤地捂着鼻子防止鼻血喷涌而出。

看完花片儿，韩修又点开一个文件夹，这个文件夹里面全都是盛放的玫瑰花，各种颜色、大小、形状的玫瑰写真。

不行了不行了不行了！看着满屏的大丁丁，韩修心里的罪恶感呈指数倍疯狂增长。由于看得太投入了，所以叶威开门进屋的声音韩修压根儿就没听见，直到身后响起一个酸溜溜的声音，韩修才猛然惊觉自己被老公抓包了！

“呵，背着我看别的玫瑰花？”叶威半是吃醋半是调侃地问道。

“它们都没有你好看的，我错了，你别吃醋……”韩修一边哄着吃醋的老公一边手忙脚乱地把文件夹关掉了，按着鼠标的手指头心虚得直抖。

“看来是我没喂饱你。”叶威发出一声低笑，一弯腰，不容抗拒地把韩修打横抱了起来……

三分钟后……

阳台上的景泰蓝大花盆里并排栽着一株玫瑰和一株含羞草。

两株植物的根系在泥土下紧紧交缠在一起，玫瑰被自己怒放的硕大花朵坠得弯下了腰，那艳丽的红花正巧搭在含羞草的小白花上面，一颤一颤地蹭着。

蹭了一会儿，含羞草的小白花“噗”地喷出一蓬花粉，又过了一会儿，那朵玫瑰也喷出了一蓬花粉，花粉洒了含羞草一头一脸……

喷完花粉，玫瑰伸出一片绿叶搭在全部羽状叶片都蜷缩了起来的含羞草身上，像在安抚一个害羞的人一样一下下摩挲着。

在安抚下，含羞草缓缓展开了叶片。

夕阳最后一缕余晖正漫过阳台的一角，照在两株植物的叶片上。

用落日的光芒光合出来的有机物总是有种不一样的味道。含羞草耷拉着软塌塌的小白花，在风里翘起叶子，精神抖擞地晒起今天的最后一点太阳，而泥土之下，玫瑰用一条根轻轻碰了碰含羞草的一条根。

就像一个落在情人脸上的浅吻。

SWEET
things
冰山与冰山

01

不是很久以前，有一位摄影师。

摄影师跟随科考队去北极，科考队负责科考，摄影师负责摄影。

摄影师喜欢拍冰山，一是因为个人的审美倾向，二是因为他性格淡漠话不多，被同事们戏称为“冰山”。

在这样的心理暗示下，摄影师更是对冰山情有独钟。

这天，摄影师正在拍摄北极的冰川，忽然看见白茫茫的一片天地中，走来一个人。

冰天雪地中，一个裸男。

摄影师：“……”

02

裸男走路的姿态十分从容不迫，走着走着，还风情万种地撩撩头发。

裸男一头银色长发，一路拖到地上，身材纤细，面容俊秀，如果不是裸着，摄影师还真看不出来这人是男是女，与其说是男人，不如说是个美少年。

这人长得真好看。

这是摄影师的第一个念头。

但摄影师很快就意识到自己重点不对！

摄影师快步迎上去：“你是什么人？先跟我回基地。”

摄影师怕这人会冻死。

虽然他看起来像不知道冷的样子，但万一他是精神病呢?

裸男却是一皱眉：“烦死了，都怪你们。”

摄影师：“？”

裸男：“我是冰山的山神。”

摄影师：“……”

03

摄影师很快就接受了这个设定，因为裸男看起来真的一点儿也不冷的样子，说他是凡人，摄影师才不信。

摄影师发了会儿愣，问：“那你有什么事吗？”

冰山的山神抱怨道：“你们这些人类真是烦死了，在我身上建那么多基地！”

山神暴躁道：“每天都想把你们这些痘痘挤爆！”

摄影师沉默了片刻，道：“……说对不起有用吗？”

山神气得跳脚：“没用！”

摄影师：“哦。”

山神：“你就‘哦’？‘哦’就完事了？”

摄影师：“不然？”

山神有点儿脸红：“你……你也不杀头牛啊羊啊什么的用炭火烤了洒点儿孜然辣椒面和盐祭祀我一下？”

摄影师冷着脸四下里环视了一圈，实事求是道："这是北极，没有牛羊。"

听其他山神说人类做的羊肉串很好吃所以想尝尝看的小山神："……"

04

山神："喂，你回来。"

摄影师："还有什么事？"

山神不可置信："你刚才是不是想走？如果我不叫你你就这么走了？！"

的确打算回基地的摄影师："……不然？"

山神一脸卧槽："卧槽！我可是山神啊！神！不是你家隔壁老王！神就站在你面前，你的反应也太平淡了吧？"

山神感觉自己仿佛受到了一种无声的侮辱！

摄影师平静道："哇，山神。"

山神："……"

摄影师面无表情："满意了？"

山神："不对，不是这样的……"

这一瞬间山神感觉自己仿佛是一个煞费苦心教导工科直男男朋友如何取悦自己的少女！

山神："你怎么一点都不惊讶？你平时经常看见山神吗？"

摄影师回忆了片刻，谨慎地确认道："是第一次，但没什么好惊讶的，存在即合理。"

山神捂着脸惊呼："就你这样的还搞艺术创作？！你这思维方式也太不艺术了！"

摄影师："……"

05

摄影师："其实我觉得你不像神。"

山神："为什么？"

摄影师："你的说话方式太现代了，连'隔壁老王'这种梗都知道。"

山神背过手，在身后掏了掏，手上便凭空多出来一个手机。

山神："我有这个东西可以玩啊，我什么都懂的。"

摄影师："……哪来的？"

山神："一个探险家，那天我不小心打了个喷嚏，雪崩了，把他埋雪里了。"

摄影师："……"

山神："哈哈哈，我真是太不小心了。"

摄影师冷冷地问："人在哪？还有救吗？"

山神瞪大眼睛："废话，早救出去了，我趁他昏过去，把他挖出来送到山脚下了。"

摄影师松了口气。

山神：“我留着他干吗，又不好吃。”

山神美滋滋地摆弄着那个手机：“这个我就留下当谢礼了，你们人类的东西真好玩儿。”

06

摄影师困惑：“手机不是很快就会没电吗？”

山神无比自然道：“我有神力，神力发电。”

比什么风力发电水力发电都有效率！

摄影师：“网呢？没网手机也没什么好玩的。”

山神晃晃手机：“有流量套餐啊，不过我已经把套餐用光了，现在只能玩玩消消乐。”

摄影师默默看着这个喜欢玩消消乐的山神：“……”

山神扯扯摄影师的衣角：“你能给我充流量套餐吗？”

摄影师：“……能。”

山神：“那你快给我充一个，就当是祭祀山神了。”

摄影师：“……”

这可能是古今中外有史以来第一个要流量套餐当祭品的神。

摄影师：“好吧，等我回基地，基地信号好。”

山神：“是吗？那你带我回基地吧，我那边信号不好，加载个视频能加载一整天。”

摄影师："……"

山神哀求道："好不好？你不是爱拍冰山吗？我给你表演个冰山开裂。"

摄影师眉毛一抽："不用表演了，我带你回去。"

07

于是，山神就这样和摄影师回基地，过上了人类的生活。

科考基地里没有什么好吃的东西，大多都是些方便食用的速食食品，不过山神很喜欢，一次能吃三大箱红烧肉罐头。

摄影师："……那是两个月的份。"

山神脸一红，冷静地岔开话题："哎，你们人类真是太讨厌了。"

摄影师叹气："又怎么了？"

山神对着小镜子照照自己的脸："你们乱扔垃圾，海湾洋流把那些垃圾都冲到我身边了。"

摄影师竟是无言以对。

山神撩起自己的头发帘，指着额头上一个小红点悲愤地控诉道："你看，脸上都起痘痘了，都怪你们。"

摄影师抬手摸了摸山神的小脑袋："知道了。"

山神不高兴："我还没说完呢，你知不知道现在全球变暖的情况有多严重？我体积已经比之前缩小很多了。"

美少年山神弯了弯自己纤细的小胳膊，道："我以前的人形可是个身高两米的硬汉，肱二头肌和肱三头肌都杠杠的，都赖你们，现在全化了，给我化得这么娘。”

摄影师微微皱起眉头，对山神以前是壮汉这个说法表示怀疑。

不过从这天开始，摄影师就有了一个新的业余活动——捡垃圾。

也可以说是给冰山祛痘。

08

山神对摄影师主动帮自己清理垃圾的行为很满意。

山神：“说吧，男人，想要什么奖励？”

摄影师：“你最近是不是小说看多了？”

山神：“小家伙，我什么都可以满足你。”

摄影师：“……”

摄影师：“你有什么可奖励我的。”

山神来基地之前身上可是连件衣服都没有，还天天偷吃摄影师的罐头，看起来完全不像有东西可以奖励的样子。

山神一脸不高兴：“你瞧不起我！”

摄影师口是心非道：“不是。”

山神忿忿道：“你知道我体内的资源储备有多丰富吗？我随随便便放个屁，那天然气就够你炒一年菜的！”

虽然觉得哪里不太对但摄影师还是捧场道：“……厉害。”

山神："我拔根头发就是一个煤山！"

山神："而且还都是古生代末期到新生代早期时形成的远古煤矿，质量特别好。"

摄影师："……"

山神继续自夸道："我的血液都是可采原油，少说也有十亿桶。不过我不能告诉你怎么采，你们人类很贪婪的，会把我采到失血过多，我见过我有个兄弟被掏空之后的样子，特别惨。"

摄影师摆摆手："我不负责开采的，我就是个摄影师。"

山神点头："所以我也就和你说说，你可别告诉别人。"

摄影师："嗯，不告诉。"

山神用小指头挖了挖鼻孔，然后朝摄影师一弹！

摄影师："……"

山神还一脸酷帅狂霸拽的表情问："男人，开心吗？"

摄影师绷不住了，骂了句脏话："开心个屁。"

山神啧了一声道："别嫌脏，你捡起来看看。"

摄影师一低头，看见地上散落着的全是小颗小颗的钻石。

山神洋洋得意道："我鼻孔里有一个钻石矿，想不到吧？惊不惊喜？刺不刺激？"

摄影师一板一眼地认真回答道："没想到，惊喜，刺激。"

山神："男人，把我供奉好了，以后要多少有多少。"

摄影师从床底下翻出自己珍藏的最后一箱红烧肉罐头："吃

吧。”

山神双眼放光地扑上去：“我就知道你藏了小金库！”

山神一边吃着一边赞叹道：“你们人类吃的牛羊猪肉真好吃，我就只有北极熊吃，还是生的。”

摄影师：“……”

山神：“而且我把它们吞进去了，它们还在里面挠我肚子，害得我胃疼。”

摄影师竟是无言以对，想了想道：“牛羊猪肉以后要多少有多少。”

09

这天半夜，摄影师睡得迷迷糊糊的，忽然被山神摇醒了。

山神急切道：“快醒醒！穿好衣服带上你的照相机！”

摄影师二话没说就照做了。

山神拉着摄影师跑出基地，来到一块地势开阔的地方：“这差不多了，准备拍极光。”

摄影师愣了：“等一下会有极光？你确定？”

山神点头：“非常确定，我能感觉到一股太阳高能带电粒子流正在进入我的……磁场！”

摄影师：“……”

山神打了个哆嗦：“来了来了，大气分子开始电离了，嘶……

全身酥麻，好爽。”

摄影师感觉自己仿佛看到了什么不得了的场景。

这时，远方寂寥暗沉的天幕出现了极光，绚烂的光彩如同横贯天际的凤凰展开了燃烧的羽翼，美不胜收。

摄影师顾不上想其他的，忙架起设备捕捉这唯美的一幕。

摄影师拍了一会儿，山神蹦蹦哒哒地跑到摄影师的镜头前，道：“拍我拍我！我要和极光合影！”

摄影师飞速换了个更适合拍人的镜头，咔嚓咔嚓拍了好几张山神的照片。

山神美滋滋地在极光下摆着V字手，S型曲线，小猫拳头，嘶嘴瞪眼睛……

摄影师顿时就是一阵头疼：“从哪学的这些姿势？”

山神：“美吗？”

摄影师幽幽道：“……你如果不会摆POSE就立正吧。”

山神默默站了个军姿。

极光下的山神看起来很好看。

银白的长发像是月光凝练出的丝绒。

他的嘴唇柔软，望着镜头时，唇角微微翘起着。

摄影师从取景框中看着山神按下快门，又从相机后抬起头，用自己的眼睛望着山神，道：“好了。”

山神兴高采烈：“好看吗？”

摄影师：“好看。”

摄影师：“拍得也好看。”

10

时间过得很快，一转眼就是三个月过去了，摄影师要回家了。

他的家不在北极，在一个离北极很遥远的国家。

摄影师临走的那一天，山神全天24小时拽着摄影师的衣角，像连体婴一样，摄影师走到哪他就走到哪。

山神：“你能不能不走？”

摄影师叹气：“我家里还有事要处理，我以后会再来看你。”

山神抿着嘴唇：“我不想你走。”

摄影师：“因为你会想我？”

山神满地打滚：“你走了谁给我拍照？你走了谁给我罐头吃？你走了谁给我充流量套餐？”

摄影师轻轻叹气：“你留个能收东西的地址给我，我把罐头邮给你，那个手机号码我每个月都会给你充值。”

说着，摄影师又把自己的相机放在山神手中：“自己拍着玩吧。”

山神惊讶：“你的相机不是谁也不能动吗？”

摄影师的万年冰山脸上浮起一丝笑意：“你除外。”

山神：“……”

摄影师：“就当是给神的祭品了，以后再有人类在山中遇难，你记得帮帮忙。”

山神点头：“我一直都帮忙的，我是好山神。”

摄影师捏捏他的脸。

虽然是冰山的神，但触碰的温度却是暖暖的。

11

摄影师回国之后，整理了自己在北极拍摄的照片，出版了一部摄影集。

摄影集中不只收录了美丽的风景照，也记录了人类的行为对冰川环境的负面影响，呼吁看到这部摄影集的人保护环境。

不知道那个小冰山今天有没有抱怨额头上长痘痘，摄影师想着，有点儿想笑。

12

摄影师每个月都给那个手机号充值流量，还给山神留下的地址邮寄各种好吃的东西。

如此这般，又是三个月过去了，盛夏来临了。

这天，艳阳万里，气温摄氏 39 度。

这种天气，能出门见面的都是真爱。

摄影师在家里吹着空调喝着冷饮，望着外面被晒得发蔫的树，决定在家宅一天。

这时，外面传来急促的敲门声，摄影师去开门，看见门外站着一个小孩儿，大概也就四五岁的样子，整个人湿淋淋的，像是刚从水里捞出来。

小孩儿的头发是银白色的。

银白的长发像是月光凝练出的丝绒。

小孩儿手里捧着一块心形的冰。

小孩儿急得直跺脚："快快快！把我的冰魄放冰箱！我要化没了！"

摄影师二话没说就接过那颗心，丢进冰箱冷冻层，和一堆冷冻的五花肉和一大块涮火锅用的特级S上脑放在一起。

关上冰箱门，摄影师转头望向小孩儿："你怎么变得这么小？"

变成了小孩儿的山神："今天太热了，给我晒化了！"

山神："别怕，把我的冰魄冻一会儿我就能变回之前的样子了。"

摄影师放心地点点头。

山神美滋滋地搓搓手："当然了，你如果把冰箱温度调得更低一些，冻得再实诚一点，我也许能变回两米高的壮汉！"

摄影师马上把冷冻层的温度调高了一点："别了吧。"

山神："……"

13

摄影师点了支烟，问：“你刚才说的冰魄是什么？”

山神：“你可以理解为是我的本体、内丹、元神，怎么叫都行。”

摄影师捏着山神的下巴，叼着烟审问道：“我刚走那段时间你怎么没来？”

山神委屈巴巴：“我不知道还有这种操作啊，我本来以为冰山在哪我就得在哪呢，但是我后来问了别的山神，听说有一个女的冰山山神爱上了一个科考队队员，然后她就把自己的冰魄从地下挖出来，带着冰魄去人类世界找他了，我这才知道其实冰魄在哪我在哪就行了。”

摄影师轻轻笑了笑：“这样，你的冰魄好保存吗？”

山神：“挺好保存的，放冷冻层里就行了，冻肉那么硬，我不偷吃的。”

摄影师：“好。”

山神：“我看你的摄影集了，把我的山拍得真好看，你还呼吁大家保护环境，你真是个好人。”

摄影师默默收下好人卡。

山神：“以后我就赖上你了，我虽然吃得多，但是我可以给你开采钻石矿，所以你别怕。”

摄影师：“我不怕，我高兴。”

山神挖鼻孔，朝摄影师一弹：“喏，一个月的房租和菜钱。”

摄影师看着满地的钻石，嘴角一扬：“你知道在人类世界里钻石代表什么吗？”

山神继续抠着鼻孔：“代表什么？”

摄影师看着山神的鼻孔：“……算了，太玷污那个词了。”

14

第二天，摄影师把那一层的冻肉全换成了香喷喷的冰激凌。

从那天开始，冰箱里的冰激凌每天都神秘失踪。

PART.2

蜜汁传说

SWEET
things
狐妖篡位日常

01

很久很久以前，有一个皇帝。

皇帝去围猎，看到一只狐狸，引弓欲射，狐狸见状，忙化作一位美人。

美人姿容绝世，胜过后宫三千佳丽。

于是这位皇帝的心思就活络了。

02

不顾臣子进谏，皇帝把狐狸化作的美人带回宫，封为贵妃，从此专宠狐妖一个，对其他女子连看都不看一眼。

不久，狐妖有喜，诞下一子，是只彻头彻尾的狐狸崽子。

皇帝抱着新生的小狐狸，慈爱道：“看，它长得多像朕呐。”

服侍了皇帝二十多年的老太监：“……”

陛下这是真爱。

皇帝强行感叹：“这眉毛，与朕简直是一个模子刻出来的。”

老太监伸长脖子看了眼襁褓里的狐狸崽子：“……”

哪有眉毛？！

03

狐妖受尽恩宠，还生了只小狐狸，臣子们生怕皇帝被狐妖蛊惑，于是纷纷进谏皇帝，可皇帝被蛊惑得很严重，压根儿不听劝。

臣子们没办法，联名写了篇祭天的青词，挑了个良辰吉日烧了，向老天爷告状。

于是狐妖原本还有五百年才降至的天劫被强行提前，一炸雷下来劈去了半条命，只好化作原形回山里修炼养伤。

狐妖跑了，皇帝痛心得茶饭不思，衣带渐宽，没几个月就害相思病驾崩了。

觊觎皇位已久的王爷火速登基。

王爷有个小儿子，王爷的如意算盘打得很响，自己先继位，等自己挂了，再把皇位传给儿子。

虽说狐妖生的那只小狐狸不可能继承皇位，但王爷还是打算把皇兄的血脉斩草除根，以免夜长梦多。

于是新皇帝提着剑，满皇宫地找皇兄生的那只小狐狸。

04

忠心耿耿服侍了皇帝二十多年的老太监，带着小狐狸，收拾了一堆细软跑路，找了个山清水秀的小村子住下了。

就算只是只狐狸，也是先帝血脉，不可断绝，大不了一天两只鸡，养它一辈子。

于是老太监就开始在乡下养狐狸崽子。

新皇帝的小皇子，和小狐狸一样大。

当小皇子学走路时，小狐狸在地上迈开四条腿撒欢跑。

当小皇子牙牙学语时，小狐狸和村口的大黄狗学会了狗叫。

当小皇子背四书五经时，小狐狸学会了四十五种撩狗的叫法。

当小皇子学习骑马射猎时，小狐狸天天去村民家里偷鸡吃……

老太监只好挨家挨户地赔鸡。

左邻右舍七嘴八舌地和老太监数落小狐狸。

老太监无奈："我能怎么样，我也很绝望啊！"

05

光阴蜿蜒流过。

小皇子长成了玉树临风的美少年，老皇帝也蹬腿了，小皇子继位成了新皇帝，一统天下。

小狐狸也长成了油光水滑的大狐狸，一统十里八乡鸡鸭猫狗。

一夜，在山中养好了伤的狐妖下山了，在一户农家的鸡舍里找到了自己十几年前生的小狐狸，把自己的内丹祭出来，切了一半，给小狐狸吃了。

小狐狸吃了内丹，摇身一变，从一只正在偷鸡的狐狸，变成了一个正在光着屁股偷鸡的绝世美人。

小狐狸的容貌，与狐妖的容貌，根本就是一模一样，唯一的区别只是一个小些，一个老些，一个清纯些，一个媚气些。

就算化了人形，小狐狸的眉毛也压根儿就不像老皇帝。

狐妖很自责："看我，在山上养伤这么多年，竟把你忘了。"

小狐狸紧张地捏着手里的鸡嘴，不让它叫。

狐妖变出一身衣服丢在小狐狸身上："从现在开始也不晚，来，娘教你用法术。"

于是当小皇帝开始学着批阅奏章时，小狐狸开始跟着它娘学媚术和幻术了。

老太监痛心疾首："……"

首先，先帝血脉就这样走上邪路了。

其次，先帝血脉的眉毛是真的不像先帝啊。

06

又是几年过去，小皇帝不小了，臣子们开始张罗给他立后选妃，后宫佳丽必须三千。

而小狐狸跟着狐妖学了几年，整个人走上歪路，别的什么都不懂，只有媚术和幻术用得溜，还炖得一手好鸡。

狐妖谆谆教导小狐狸："现在那个皇帝是你的堂兄，他爹原本只是个王爷而已，当年你父皇驾崩后，为娘身负重伤不在宫中，被那个王爷趁虚而入夺了权。不然，这小皇帝现在也只不过就是个小王爷，见了我们本来都是要下跪的，若不是当年那群老不死的写青词向老天爷告我的状，我们现在铁定还在宫中天天吃香喝辣呢，哪轮得到现在这个小皇帝享福？"

小狐狸似懂非懂地点点头："嗯。"

狐妖："其实妖和人是不能生育子嗣的，你是我直接从血肉里孕育出来的，和你那皇帝爹没有血亲，但毕竟你的身份在这摆着呢，明面儿上你就是先帝的血脉。"

小狐狸一脸茫然地点点头："喔。"

狐妖："你想法子让那个小皇帝承认我们的身份，娘要当一品诰命夫人，娘之前教了你那么多法术，你看着用，机灵点儿。"

小狐狸豪气干云地啃了一整只鸡，一抹嘴，说："好。"

07

小狐狸回了皇宫，在门口施了个法术，侍卫们就两眼一黑，什么都看不见了。

于是小狐狸一路施放法术，大摇大摆地进了皇宫，来到御书房，看到了正在批阅奏章的皇帝。

皇帝从堆积如山的奏章中抬起头："来者何人？"

小狐狸望着这个很好看的小哥哥，一紧张，不小心施了个媚术。

皇帝："……你对朕抛媚眼作甚？"

小狐狸只好硬着头皮问："你是当朝皇帝？"

皇帝微微一笑，丰神俊朗："正是。"

小狐狸傻乎乎地按着狐妖的话说："我娘说，我才是正宗的皇族血脉，你本来见了我是要下跪的。"

皇帝沉吟片刻，恍然大悟："朕知道了，你是那只小狐狸？"

小狐狸摸摸自己的屁股，确定狐狸尾巴没露出来，于是理直气壮道："我现在是人了。"

皇帝微微一笑："那论起来，你还该叫朕一声堂兄呢。"

小狐狸耿直道："我是我娘自个儿生的，和我爹没关系。"

皇帝："……"

小狐狸竖起手指头贴着嘴唇嘘了一声：“你可别和别人说。”

皇帝忍不住，笑出声了。

08

皇帝：“你回宫，是想要做什么？”

小狐狸思索了片刻，弱弱地问：“不然，你把皇位给我？”

皇帝起身，拉着小狐狸走到御书房书桌后，把小狐狸往自己刚刚坐过的位子上一按：“喏，皇位，给你了。”

小狐狸惊呆了：“这么简单？”

皇帝一本正经：“可不，皇帝坐的位子就是皇位。”

小狐狸深以为然，高兴了，并且瞬间学着皇帝的样子改口：“朕拿了皇位之后该做什么？”

皇帝岔开话题：“先吃块点心再说。”

小狐狸美滋滋地吃了点心：“真好吃。”

皇帝：“要不要看蹴鞠比试？”

小狐狸兴冲冲：“看。”

皇帝：“看完蹴鞠，再去看戏，如何？”

小狐狸：“好啊。”

皇帝微微一笑：“前些日子有人上供了一只极品海东青，看完戏我们去玩鹰。”

小狐狸昏头转向：“好好好。”

皇帝：“你爱吃鸡吧？”

小狐狸："爱吃。"

皇帝忍笑："那晚上让御膳房给你做全鸡宴。"

小狐狸顿时满脑子都是鸡，皇位早忘到九霄云外去了。

09

于是一段日子之后，朝野内外都知道皇帝身边多了个很会装纯且来历不明的妖艳贱货。

江山社稷这是要完，大臣们慌了，纷纷进谏，要求皇帝立后。

皇帝轻描淡写道："朕不立后。"

大臣们："为何？"

皇帝冷静道："因为朕喜欢男人。"

大臣们都惊呆了，万万没想到皇帝居然还有这种嗜好。

皇帝："不然朕立个男皇后？"

大臣们装模作样上吊跳井。

皇帝微微一笑："罢了罢了，朕听你们的，立个女皇后。"

大臣们纷纷开始推荐自家闺女。

皇帝脸又一黑："众爱卿若是不让朕自己选择心仪的女子为后，朕就干脆立个男的。"

大臣们纷纷表示别别别立立立您爱立谁立谁只要是女的就行。

10

这日，御书房内。

皇帝站着批奏折，小狐狸坐在皇位上。

篡位日常。（1/1 完成）

皇帝批了会儿奏折，看看小狐狸，问：“今日怎么不开心？”

小狐狸：“你怎么知道朕不开心？”

皇帝忍笑：“你一不开心，狐狸尾巴和狐狸耳朵就会冒出来。”

小狐狸摸摸头，摸摸屁股，真有，于是赶快变回去了。

小狐狸：“朕听说，很多人都在骂朕。”

皇帝：“喔？”

小狐狸委屈：“他们都说你才是真正的皇帝，我只是个坐在皇帝椅子上的妖艳贱货。”

皇帝：“噗。”

小狐狸瞪他：“我知道了，你是骗我的，其实你根本就没把皇位给我。”

皇帝似笑非笑地看着他。

小狐狸委屈道：“我想要真皇位。”

皇帝：“我天天陪你吃，陪你玩，帮你批奏章，睡前还给你唱小曲。”

小狐狸：“……”

皇帝：“连皇帝都是你的了，你还要皇位做什么？”

小狐狸不服：“那我还想要你的后宫三千。”

单纯的小狐狸并不明白后宫三千是什么意思，只是觉得听起来很厉害！

皇帝；“后宫三千住的房子全是空的，今日开始全归你了，你高兴住哪间就住哪间，不会有人和你抢，如何？”

小狐狸噎了一下，又说：“我娘说，你见了我本来应该下跪的。”

皇帝沉默了片刻，拉起小狐狸：“随我来。”

11

小狐狸被皇帝拉着，走回了寝宫。

皇帝翻出了一套衣服：“你先穿上。”

小狐狸穿上了。

霞帔虹裳，璎翠摇曳，衬得小狐狸愈发姿容绝世，宛如云端仙子。

皇帝跪倒在地，勾起皇后喜服一角贴在唇边，柔声道：“愿为裙下之臣。”

小狐狸愣住了：“……”

皇帝抬头问：“还要什么？”

小狐狸：“我娘说她还想过吃香喝辣的日子，当一品诰命夫人。”

皇帝大手一挥：“没问题，我给她太后待遇。”

小狐狸仔细想想，狐妖说的几点都达成了，没毛病：“别的没有了，那皇位我不要了。”

皇帝：“以前听你说狐妖会变形，那么你可会变成与现在样貌不同的女子？”

小狐狸在脸上抹了一把，变成了一个陌生女子：“一次只能维持两个时辰。”

皇帝点头：“两个时辰够了。”

12

皇帝终于大婚了。

皇后是个不知道从哪来的平民女子。

但不管怎么样，总算是女的，长得还挺好看，而且明显不是前段时间迷惑了皇上的妖艳贱货，江山后继有人，臣子们也不敢要求太多，生怕把皇帝惹毛了，娶个男人。

皇帝与小狐狸入了洞房。

宫女们在洞房中为他们进行了一系列繁琐的仪式，目的是祝福皇后早日诞下皇子。

人都散去之后，小狐狸变回了原本的模样，不安道：“我娘说了，人和妖之间诞不下真正的子嗣，只能用我自己的血肉孕育出一个来，和你没什么关系，这样是不是不太好？”

皇帝：“无妨，西洋那边有个说法，叫丁克，就是不生孩子，只要二人世界。”

小狐狸：“喔。”

皇帝：“我丁克。”

13

从此，皇帝与小狐狸过上了幸福的生活。

SWEET
things
我是如何制霸四海的

很久很久以前，有一个海盗头子。

海盗头子有一个原则，那就是他只抢海盗。

反正海盗都是些坏东西，抢坏东西的东西，不算做坏事。

可是海盗本来就不多，所以只抢海盗的海盗头子经常没工作可做，所以富裕不起来，穷且常年漂泊海上，虽然长得好看，但也是个万年单身狗。他手底下的小喽啰们都非常替他着急，特别想帮老大找个夫人。

有一天，穷嗖嗖的海盗头子在海上找其他的海盗船，准备干一票。

而他的小喽啰们，则拿着渔网捕鱼，准备当晚饭吃。

因为海盗船上已经揭不开锅了……

这时，有一个小海盗惊呼："我捞上了一条美人鱼！"

海盗们纷纷跑过去凑热闹，海盗头子也去围观。

那的确是一条货真价实的美人鱼，脸蛋十分漂亮，上半身身材也非常好。

至于下半身，那只能说是肥美。

但是小喽啰们已经一窝蜂去船舱里取出了一堆道具，各种不堪入目，显然是早就给海盗头子准备好了，只等着老大有朝一日有机会摆脱处男之身时拿出来。

海盗头子十分感动，然而并没有找到任何洞。

然而这时，容貌绝美的人鱼似乎看穿了海盗头子的心思，忽然开口说话了："我能变人。"

海盗头子乐了："快变快变。"

人鱼："好。"

人鱼变成了人，下半身两条和人类一模一样的大长腿，又直又白，又直白。

海盗头子殷切客气地问："等下想和您来一发，您看合适吗？不行也没事，我从来不强迫的。"

人鱼冷笑，打了个响指，海面上瞬间冒出了一群铁脊鲨。

铁脊鲨，顾名思义，脊背坚硬如铁，锋利如刀，能用身体割穿船底，而且见血就发疯。

人鱼冷冷地盯着海盗头子："叫老大。"

海盗头子秒怂："老大。"

人鱼："给我弄点吃的。"

小喽啰们端上一盘比那啥都硬的干面包。

人鱼："？"

海盗头子："不好意思，我这都好久没抢劫了，比较穷。"

人鱼："你们是不是不想活着离开这片海域了？"

海盗头子泪流满面地把自己珍藏的最后一块牛肉翻出来烤了，上供给人鱼。

人鱼连盘底都舔干净了。

好久没吃过肉的海盗头子心里这个气，但也不敢和人鱼打架，毕竟海里全是铁脊鲨。

人鱼从海盗头子散落在甲板上的衣服里翻出些烟草，点了支事后烟，悠闲地吐了一口，拍拍海盗头子的肩膀，说：“以后你就跟我混了。”

海盗头子悲愤地看着人鱼。

人鱼冷哼：“看你穷的那小样儿，船都破成这样了，没钱修？”

海盗头子无法反驳。

人鱼跳下海，过了一会儿又浮起来，铁脊鲨们像孙子一样躲得人鱼远远的，因为人鱼唱起歌来能震碎它们的神经中枢。

人鱼在海里冲小喽啰们招手：“捞我上去。”

小喽啰们看看那些铁脊鲨，没办法，只好恭恭敬敬地把人鱼捞上来。

人鱼从渔网里出来，“哗啦”一松手，掉了满甲板的金银珠宝。

人鱼：“这都是从海底的破船里捡的。”

海盗头子：“……”

人鱼：“以后哥养你，别哭丧个脸。”

海盗头子仍然不高兴：“但是我追求的不只是钱。”

人鱼奇怪：“还有什么？”

海盗头子目光炯炯：“我想制霸四海，成为最厉害的海盗。”

人鱼大佬把自己胸口拍得“砰砰”响：“包在我身上。”

说完，人鱼来到舵手旁边，说：“转个弯，朝西北方向开。”

海盗头子：“为什么？”

不良人鱼叼着烟，跩跩地说：“铁脊鲨传来的线报，北海最厉害的海盗就在那里。”

海盗头子老脸一红："我……打不过……北海霸主是我偶像啊，特别厉害，就是太凶残了。"

人鱼："有我呢，宝贝儿。"

海盗头子："什么？你叫我什么？"

于是海盗头子的小破海盗船，和北海霸主的超级海盗船狭路相逢。

人鱼打了个响指，铁脊鲨群二话不说就开始锯北海霸主的船。

北海霸主饭吃到一半从船舱里跑出来："卧槽！住手！"

人鱼威严地骑在一头铁脊鲨上，指指船上看热闹的海盗头子："我不，除非你把北海霸主的位置和你船上的金银珠宝都让给他。"

海盗头子弱弱地冲偶像招招手："嗨。"

北海霸主："你们休想。"

人鱼手一挥："锯。"

铁脊鲨立刻把船底锯得"嘎吱嘎吱"的。

一分钟后，北海霸主让位，船上的所有金银财宝、船本身还有北海霸主的旗帜都归了海盗头子。

海盗头子就这么莫名其妙地把自己偶像给洗劫了。

人鱼叼着烟，勾勾海盗头子的下巴，问："满意你所看到的吗，宝贝？"

海盗头子狂点头："满意，谢谢。"

流氓人鱼的眼睛在海盗头子身上上三路下三路来回扫视："怎么谢我？"

海盗头子认命地叹了口气。

由于有人鱼所向披靡的铁脊鲨军团罩着，海盗头子陆续打败了东海霸主、西海霸主以及南海霸主，成功完成了制霸四海的目标，变成了最厉害的海盗，并且顺手把其他的海盗势力也都给收拾了。

四海清平，除了海盗头子，海上再也没有海盗。

海盗头子完成了多少海军将领没有完成的梦想。

而这四海唯一一个海盗，并不烧杀抢掠，只专注从海底沉船捞宝贝，沿途经过贫困海岛，还分发物资，成为了有名的海上慈善机构。

人鱼每天在海盗头子船边，跟着他游。

游累了，就让海盗头子下网把自己捞上去，趴在海盗头子身上歇会儿。

从此，人鱼和海盗头子过上了幸福的生活。

SWEET
things
向河神献祭的正确方式

村里的长老最近经常做噩梦。

梦见村边那条大河的河神要娶新娘，如果娶不到就要发大水。

村里人用抓阄的方式选出一个少女，挑了个良辰吉日将哭哭啼啼的少女打扮成新娘的样子，敲锣打鼓地送到了河神庙。

新娘在河神庙满心恐惧地等，等到的却是与她来自同村的好友。

她这位好友名叫柳七，特别凶，不知道怎么长的，天生力大无比，十里八乡出了名的凶悍。

柳七给新娘子拿了干粮和衣服，让她去石头后面换上衣服赶紧逃命去。

新娘子不敢走，哭得不行："那小七你怎么办？"

柳七："顾好你自己就行了，不用管我。"

新娘子仍然哭唧唧："娶不到新娘子，河神会把村子淹了的。"

柳七把拳头捏得"咔吧"响："什么狗屁河神，真敢出来我揍死他。"

新娘子跑了，柳七把新娘喜服往自己身上一披，手里握着柄鱼叉等河神。

不一会儿，河水沸腾似的开始翻涌，水分向两边，在河底辟出一条滴水不沾的道路，一个身着喜服的男子从水底走上来，面容俊美非常，喜气洋洋的。

柳七："你就是河神？"

河神拱了拱手："在下白川。"

柳七掂了掂鱼叉："我叫柳七。"

白川把披着喜服的柳七从头到脚打量了一番，一脸向往加羞涩："咳……那个，请问，你就是在下的新娘子吗？"

柳七："我不是。"

白川不解："那……"

柳七凶神恶煞道："我是你新爹。"

白川："……"

柳七大骂："强抢民女为害一方，也好意思说自己是神，我呸！"

白川气鼓鼓地念咒："我要发大水了，把你们村淹掉，哼。"

柳七："你敢！"

说完，柳七抄起鱼叉把白川揍了一顿。

穿着喜服的白川泪流满面，狼狈不堪地趴在地上。

脑袋上一个大包，很疼，膝盖也磕破了，心如死灰。

柳七恶霸一样坐在他身上，用鱼叉的尖头抵住白川的脖子，威胁道："敢淹我们村我就叉死你。"

白川眨巴眨巴眼睛，一扁嘴，哭了："我孤家寡人这么多年，好不容易修成河神，就想娶个媳妇……呜……我又不吃人……"

柳七"啧"了一声："我就是你媳妇，有种你就上，没种就老实趴着。"

白川哭得更厉害了："你欺负我！我要变形了！"

柳七："还变形，给你能的，你咋不上天呢？"

话音刚落，白川身子猛地一抖，化作一道闪光消失在空中。

顷刻间，风云变色，暴雨倾盆，一条银白蛟龙遨游在天地间。

柳七目瞪口呆："还真上天。"

然而这话刚说完，白川重又化成人形气喘吁吁地瘫在地上："好累好累。"

柳七："……"

白川抹了把汗，厚道地笑了笑："刚修成龙身，法力还不太行，只能维持一小会儿。"

于是柳七再次抄起鱼叉把河神按倒在地。

白川没办法，打也打不过，跑也跑不了，而且按照妖怪朴素的思维，有一个总比没有强，不就是凶了点儿吗，不碍事。

于是白川把柳七带回河底。

进了白川法术制造的结界后，柳七在河底可以行动自如，能喘气，能走路，像在地上一样。

白川整了整衣服，正襟危坐，试图重振夫纲："你既然名义上是我的新娘，就得听夫君的话。"

柳七漫不经心地"哦"了一声，好奇地四处张望。河底景色瑰丽，浓碧如丝的河水轻轻击打在透明的结界上，淡如蛛丝的天光洒在河底，周围的水族来来去去，吐出细碎闪烁的气泡，晶晶亮亮，成串飘向水面，河底的老蚌张开厚重的壳，圆润的珍珠散出暖融的光。

白川跺脚：“你听见没啊？”

柳七回过神，揉揉肚子：“我饿了。”

白川气得直磨牙，招了几个皮皮虾和河蟹过来，让它们给柳七弄吃的。

柳七苦着脸看着盘子里的生鱼：“这玩意儿能吃？”

白川翻白眼：“我都吃几百年了。”

柳七脸上写满怜悯：“这里能生火吗？我烤着吃。”

白川：“当然不能。”

柳七肚子咕咕叫：“那这地方我待不了，我要回去。”

白川求之不得：“好啊，你快走，我再给他们托梦要个新的新娘子。”

柳七拽住河神的衣领子：“美的你，跟我一起走。”

白川急得大叫：“你松手！你太粗暴了！我不跟你走！”

柳七拖着他往上游：“俗话说得好，娶鸡随鸡，娶狗随狗。”

白川认真：“不对不对，这句话好像不是那么说的。”

柳七霸道：“就是这么说的，当心我揍你。”

白川气得在水里直蹬腿。

本着为民除害的美好愿望，柳七强行把河神扛回家，往炕上一扔。

白川哭得像个被强抢的小姑娘。

柳七拍拍手："好好待着，我弄口吃的去。"

白川鄙夷："你们区区凡人，能有什么好吃的。"

不一会儿，柳七弄了几个家常菜。西红柿炒蛋、青菜炒腊肉，还有一大碗鱼汤。

白川吸了吸鼻子，没等柳七叫，自己颠颠地到桌边坐下，端着大碗喝鱼汤，就着西红柿炒蛋吃了两碗大米饭，又把青菜和腊肉一扫而空，吃得嘴巴油汪汪的。柳七端着个空碗，目瞪口呆地看着斯文俊秀的河神像饿死鬼投胎似的狼吞虎咽。

一桌饭菜全进了白川的肚子，柳七好笑地问："好吃吗？"

白川擦了擦嘴，正襟危坐："也就一般。"

柳七一脸冷漠："哦。"

白川期期艾艾地舔舔嘴唇，小声问："还有吗？"

柳七懒洋洋地："没吃饱？我给你弄条生鱼自己啃吧，反正我做的菜就是一般。"

白川小心翼翼地碰碰柳七："……你再做点呗。"

白川红着脸道："不一般，好吃。"

柳七白了他一眼："出息。"

于是柳七又去厨房下了两大碗面条，打了两只鸡蛋，切了几片熟牛肉铺上。

白川吃得喷香，把汤全喝了，眼珠子不住地往柳七碗里瞟。

柳七无奈："你也太能吃了。"

白川脸红："吃了几百年生鱼了，好不容易尝个新鲜。再说了，我可是龙啊，肯定吃得多一点……"

柳七扶额头："完了，我可养不起你。"

白川在衣服里掏掏，拿出一颗夜明珠给柳七："这个挺值钱的吧。"

柳七："……"

白川："我存了好多呢，你要的话我回河底拿些，管够。"

柳七一抹嘴，拍拍白川的肩膀："等着，我给你杀只鸡，红烧着吃。"

白川幸福地趴在桌子上等，眼中写满了对食物的渴望。

这天晚上睡觉的时候，白川又被柳七揍了。

因为他偷偷摸柳七的屁股，摸完还好死不死地掐了一把。

柳七把白川脸朝下架在自己腿上，"啪啪"打屁股，打一下恶狠狠地问一句："以后还摸不？"

白川哭得撕心裂肺："不是成亲了吗？为什么不让洞房啊？"

柳七有点脸红："我不喜欢你！"

白川哭丧着脸："我也不喜欢你啊。"

柳七："那你还摸个屁！"

白川委屈得不行："总是要洞房的啊！就算不喜欢也凑合一下，难道还能撸一辈子啊？"

柳七："能啊，你撸呗。"

白川瘫倒在床，一脸生无可恋："我不想活了。"

柳七冷漠："哦。"

白川咽了口口水："但是如果你现在给我烙两张肉饼，我还可以再坚持活几天。"

柳七盖被准备睡觉："不烙。"

白川不死心，压到柳七身上讨好道："那煎几个荷包蛋也行，我能坚持活到明天吃早饭。"

柳七一脸诚恳："你还是去死吧。"

又饿又馋的河神大人气愤地遛到厨房，一双眼睛饿得铮亮铮亮的，四处翻箱倒柜，好不容易找到几个冷馒头，又翻出一坛辣椒酱，满足地蘸着吃了起来。

柳七亲手做的辣椒酱真是特别好吃，一旦吃上了根本停不下来。

如果有现烙的热气腾腾的肉饼就更好了，河神大人边猛灌凉水解辣边心酸地想，新过门的媳妇根本就不爱自己。

早晨，柳七惊悚地发现厨房存着用来炒菜的整整一坛辣椒酱全没了。

白川捂着肚子从茅厕回来，神情痛苦地自言自语："嘶……好疼好疼，吃进去的时候辣，出来更辣。"

柳七指指空坛子："你偷吃的？"

白川正直地谴责柳七："我堂堂河神，怎么会偷凡人的辣椒酱吃？不要血口喷人。”

柳七幽幽道：“我告诉你这里原来装着辣椒酱了吗？”

白川心虚地往门外蹭。

柳七拎小鸡崽子似的一把把河神拎了起来：“想跑？”

白川双脚悬空扭来扭去：“你不许再打我了。你这是大不敬，我好歹也是条龙，当心我去天庭告状……”

柳七好笑：“还告状，你不嫌丢脸？”

白川热泪盈眶：“嫌。”

柳七把人拎进屋里扔到床上按倒：“躺好了。”

白川面露喜色：“这光天化日的你说你，嘻嘻嘻……”

柳七神情复杂，抬手弹了他一个脑瓜嘣儿：“光天化日个屁，我给你揉揉肚子。”

白川有点小失望：“喔。”

柳七的手轻轻覆在白川肚子上揉了起来，揉了几圈，里面开始“咕噜咕噜”地响，白川面红耳赤地推开柳七下地：“我还要去茅厕。”

柳七淡定道：“都排出来就好了。”

白川脸更红了：“什么排不排的，粗俗。”

粗俗的柳七：“……快去。”

因为肚子辣坏了，白川这几天只能吃些白粥青菜。

白川咬着筷子头，嫉妒地看着柳七啃鸡腿，口水滴在衣服上而浑然不觉。

柳七恨铁不成钢地看着他："你瞅瞅你这点儿出息。"

白川嘤嘤地哭泣："我都吃了三天青菜了。"

柳七"咔嚓"掰下一只鸡翅："谁让你肚子没好利索。"

白川悲痛欲绝，一路小跑出了屋子就上天了。

柳七纠结地看着遨游在天际的小白龙，拔足朝他的方向追了过去。

白川维持了一会儿龙身，法力快不够了，见四野无人，便落在地上。

柳七没追上来。白川小心翼翼地从贴身小包裹里取出一小颗珍珠，然后用私塾里的小学童放学回家的那种愉快步法一跳一颠地去买烧鸡。

卖烧鸡的老板娘乐呵呵地打量着白川："这位小哥儿来点什么？"

白川垂涎三尺："来一只烧鸡，再单独包两只鸡腿，要肥肥的。"

老板娘一边用油纸包东西，一边问："小哥儿看着面生，不是我们村的吧？"

白川沉浸在鸡腿的香味中无法自拔："我是河神。"

老板娘："……"

买完了烧鸡，白川兴致勃勃地打开油纸，嘴唇刚碰上鸡腿油汪汪的皮，就"嗖"的一下被人夺走了。

柳七气喘吁吁地出现在他面前："我追你追得……快断气了……你少吃一口……会死啊！"

白川红着眼圈舔了舔嘴唇上的油："好香。"

柳七："……"

白川垂头丧气地往家走，整个人就是大写的悲伤二字。

柳七倒抽了口冷气，实在看不下去，递过去一只鸡腿："吃吧。"

白川扁着嘴："不吃了，我是堂堂河神，要有骨气。"

柳七沉默不语，把鸡腿往白川嘴边一贴。

白川以迅雷不及掩耳之势低头就是"吭哧"一口，连鸡骨头都咬断了。

柳七："骨气呢？"

白川大口嚼着，并不说话。

柳七拍拍他的头："明天肚子彻底不痛了的话，我给你做一大桌好吃的。"

白川用脑袋蹭柳七的手："嗯！"

第二天晚上，白川心满意足地吃了一顿大餐。

好几天没正经吃饭了，白川心情大好，两只桃花眼幸福地弯了起来，腮帮子鼓鼓的，一嘴油。

柳七早就吃完了，坐在桌边看着白川吃。

白川满怀感激地看着柳七："真好吃，太好吃了。"

柳七给他夹了一块排骨："吃这块，肉多。"

白川由衷地赞美："你这个媳妇，真好。"

柳七盯着他看了一会儿，"噗"地乐了出来，伸手掐了掐白川鼓囊囊的脸蛋："知道我好就行。"

白川狂点头："嗯。"

柳七沉默了片刻，突然问："你还想要别的新娘子吗？"

白川大力摇头："不要不要，两个媳妇给我做饭我吃不过来的。"

柳七愣了一下，哈哈大笑："你就知道吃！"

白川："嘿嘿。"

等白川吃完了，柳七收拾出一大盆油腻的碗啊盘的，放在井边招呼白川："来洗。"

白川一挥手，井里的水冲天而起，像条水龙一样注入大盆里，随即仿佛有生命般自动滚动起来，将脏东西从碗盘上冲刷下去。白川在旁边看着，时不时动动手指指挥一下水流。

柳七见怪不怪，又端出一盆脏衣服放在旁边："这些也洗了。"

白川贤惠地"哎"了一声，又分出一股水流洗衣服。

柳七："把地也弄干净。"

白川："好嘞。"

柳七打了个哈欠，回床上歇息去了。

这日，柳七在厨房忙活，同时看着三个锅，又忙又热，一脑袋汗。白川非常狗腿地拿着个大扇子追着柳七扇，拿出帕子帮忙擦汗，还不时赞叹道：“小七辛苦了，小七真能干。”

柳七轻哼：“知道就好。”

白川揉肚子：“扇扇子好累，我都扇饿了。”

柳七白了他一眼：“还想吃点什么？再给你加一道油焖虾？”

白川眼中充满了灿烂的渴望：“好！”

柳七一摊手：“给我弄点虾。”

白川道了声“好嘞”，袖子一抖，一大堆活蹦乱跳的河鲜“噼里啪啦”地从他袖子里掉出来落到地上。

柳七忙叫了声“够了”，蹲在地上拿个小盆儿挑虾，剩下的鱼和蟹子装在篓里留着下顿吃。

白川欣慰：“媳妇真会过日子。”

柳七：“……”

这天一大早，白川拿了本食谱，指着上面的佛跳墙，巴结着柳七说要吃。

柳七好笑地看他，心想河神若是有条尾巴，这会儿怕是早就摇起来了，于是应道：“给你做就是了，不过我也没做过，不好吃也怪不得我。”

白川开心得搂着柳七直撒欢，蹭来蹭去的，柳七“啪”地拍开他不老实的手，红着脸问：“想挨揍？”

白川连连摇头：“不想不想。”

说着低头照着菜谱从袖子里往外掏各种鱼鳖虾贝。

柳七翻箱倒柜地找了个不用的酒坛子，准备待会儿煲汤用。

晚上，煲了一天的佛跳墙散发出醇厚浓郁的香味。白川兴高采烈地围着坛子打转，搓着手道："好香好香。"

然而柳七却一脸阴沉，将其他的几个菜盛了出来摆在桌上，淡淡道了句："吃。"

白川指指坛子："这个呢？"

柳七冷着脸："还得炖。"

白川盯着柳七看了会儿，奇怪道："小七今天好像不高兴。"

柳七摇摇头："没事。"

白川："真没事？"

柳七："嗯。"

于是白川愉快地大吃特吃起来。

柳七好气又好笑地瞪他，然而白川并没看见："……"

原来今天柳七去集市上买菜的时候听说，被自己救下的姑娘逃跑的事被人发现了，现在消息已经在村子里传开了，据说有人在镇上见到了她。

没人知道是柳七把姑娘救下的，村民都怕新娘子擅自跑了会惹得河神发怒，发水淹了村子，于是再次抓阄选了个姑娘出来。

柳七回忆着白天听见的消息，嘴里的东西根本吃不出味道来，心里乱七八糟的，终于忍不住试探着问了白川一句："村子里又给你选了个新娘，你知道吗？"

白川埋头苦吃，没顾得上多想，随口问了句："真的呀？好看吗？"

柳七怔了怔，心里不是滋味，冷笑了声道："你自己看看去啊，今晚送到河神庙。"

白川傻傻地应道："好啊。"

柳七暴怒地一拍桌子，瞬间就夺走了白川的筷子，吼道："要去快去！"

白川无辜地看着自己的筷子，问："你着什么急，要去也是吃完再去。"

柳七二话不说，把白川扛在肩上就走，出了院门往地上一扔，拍了拍手冷冷道："去看吧，不送。"

白川傻兮兮地看着柳七把院门摔上，拍拍屁股上的土，走过去小心翼翼地敲门："小七小七，你开门。"

柳七："滚蛋，看你新娘子去。"

白川"嘿嘿"一笑："你是不是那个……吃醋了？"

柳七恨得牙痒痒，简直想把白川拎进来暴打一顿屁股："吃你的醋？我还不如吃屎。"

白川沮丧得要命："……我方才光顾着吃，乱说的，我不要别的新娘子，我就要你。"

柳七恨铁不成钢："吃吃吃，你就知道吃！你给我在外面反省一个时辰再进来！"

白川闷闷地应了一声，可怜巴巴地蹲在墙角，抻着脖子闻着屋里飘出来的饭菜香味，等了会儿，又不放心地扯着嗓子喊了句："就一个时辰，不能再多啦！我就在这等着！"

柳七进屋子里等了一会儿，对着一桌子菜坐立不安，想着还是把白川放进来好了，那个傻子饭吃到一半就被撵出去，不难受死才怪。然而一开院门，外面空无一人。

柳七大声喊："白川！白川？"

没人回应。

柳七盯着家门口空空的小路发了会儿呆，沉默地关上门回了屋子，把桌上剩的饭菜全倒了，裹着衣服倒在床上，一会儿往左滚滚，一会儿往右滚滚，一会儿伸着两条腿乱蹬，闹腾了好一会儿，才解气似的骂了句："妈的，以后没人抢床了，真爽。"

过了一会儿，柳七又去厨房，掀开煲着佛跳墙的坛子盖，用厚布叠着端起坛子正想倒掉，犹豫了一下还是放下，拿起筷子夹了一小块放进嘴里，自言自语道："真好吃，我都觉得好吃……哼，让你看新娘子，吃不着了吧，他爷爷的，馋死你。"

说着，一滴眼泪掉进坛子，落在那金黄醇厚的汤汁里面，微弱地"滴嗒"一声。

柳七正难受着，突然听见外面一阵喧闹。

柳七抹了把眼睛跑出去。

村子里的人都跑出来看热闹了。远远的，白川抱着一个新娘打扮的少女走过来，少女全身湿透，面色苍白，双眼紧闭。

少女的家人失声痛哭起来。

白川："她没事，只是昏过去了。"

有人开始质问白川为何将献给河神的祭品救回来。

白川冷冷地四下扫了一圈，道："我就是河神，我托梦要的是新娘，不是死人，谁让你们把人扔进河里的？"

村民们纷纷表示："嘁，你这小样儿还河神，给你能的。"

白川把昏迷的少女交给她的家人。

伴着一声清越龙吟，白川再次化身为龙，冲天而起，一身银白鳞片在月色辉映下荧然有光，一场骤雨突如其来，又倏忽而去。待村人们反应过来时，天际的巨龙已经重新化作了那个俊秀斯文的年轻人。

白川的眼睛在人群中搜寻着柳七的身影，郑重道："以后我不托梦吓你们，你们也别给我送新娘了，我已经娶到了。你们再送，我媳妇儿要生气的。我媳妇儿生气了，就会把我扛起来丢到地上，不让进门，也不给饭吃。"

人群中的柳七半是甜蜜半是崩溃地扶着额头："……"

白川穿过或惊慌或震惊或呆若木鸡的众人，径直走到柳七面前，小心翼翼地拽了拽柳七的袖子，讨好道："一个时辰到了，放我回家呗。"

柳七脸红得快爆炸，轻斥了句"闭嘴"，随即一把攥住白川的手腕，带着他往家的方向飞跑起来。

带白川进了家门，柳七靠着墙直喘粗气，心脏“扑通扑通”，狂跳不止。

如果自己没听错的话，白川方才那算是，当众表白？

白川眨眨眼睛，又长又密的睫毛忽扇忽扇的：“小七，你才跑这么点儿路，怎么就喘成这样，又脸红。”

柳七斜了他一眼：“你懂个屁。”

白川关切道：“是不是肾虚？”

柳七的一腔柔情顿时化为乌有：“虚个屁，再说我揍你。”

白川不敢说话了。

柳七平复了一下情绪，酸溜溜地问道：“你还真去看新娘子了？”

白川慌忙摇头摆手：“不是，你把我扔出去之后，我一直在门口坐着。后来路过两个人，我听他们说这次那些人为了不让新娘子再逃跑，要直接把她手脚捆起来扔进河里淹死，我就赶快去救人了，真不是想看新娘子。”

柳七怔了怔，低低“哦”了一声，隔了一会儿又道：“还好人没事。”

白川见柳七面上仍是淡淡的没表情，讨好地贴过去道：“不过新娘子我也顺便看了，没你好看。”

柳七不好意思地推开他：“别闹。”

白川认真补充道："不只是她，所有人都没你好看。"

柳七摆手："好了，别说了。"

白川孜孜不倦地表白："我可喜欢你了。"

柳七脸红得冒烟，不知道说什么好，于是干脆转过身子背对着白川，低声道："我知道了。"

白川"嗖"地绕到柳七面前，发现新大陆一样："哎呀！你脸好红！"

柳七崩溃地转回去。

白川又跟着过去："你也喜欢我吧？"

柳七再转："闭嘴！"

白川也转："你别转了，我头晕。"

柳七继续转："我管你。"

白川绕过去，一把抱住柳七，低头生涩地亲了下去。两个人都是第一次接吻，牙齿磕牙齿，笨拙得不行。亲了一会儿，白川也脸红了。

柳七抹了把嘴，强行装生气："你，你是不是……找打？"

白川慌忙松开，举手投降："别打。"

两人对视了一会儿，柳七心跳如鼓，看着白川那张俊俏的脸蛋上一股掩饰不住的二缺傻气，柳七就着急。于是也不知是哪来的勇气，柳七一把拽住白川的领子拉向自己，嘴巴狠狠碾上白川的薄唇。一吻终了，柳七霸气十足地宣布："从今以后老子就真的是你媳妇了，你只准喜欢老子一个，再敢乱看别人把你腿打折！”

白川猛力摇头：“不看不看！死也不看！”

柳七满意地哼了一声，搓了搓滚烫的脸，往厨房走：“佛跳墙煲好了，我给你端来。”

白川沉默了一会儿，突然追上去从后面抱住柳七：“等一下。”

柳七惊悚：“我是见鬼了吗？你居然能在吃东西前等一下。”

“……”白川幽怨地看着柳七。

柳七：“你要干什么？”

白川蹭蹭柳七的脖子：“我带你上天呀！”

柳七：“不上，你自己上。”

白川：“我说真的，我变成龙，你骑着我，我带你飞……我方才惹你生气了，我想哄哄你。”

柳七委婉地表示拒绝：“别了，就你变龙那两下子，我数十个数你就掉下来了，还带我上天呢，上西天吧。”

白川急了：“我现在能变好久呢！”

柳七怪道：“真的假的？你修炼了几百年也就能变十个数，这才几天，就能变很久了？”

白川欣喜地点头：“对啊，我也觉得奇怪，可能是你喂得好。”

“……”柳七顿时感觉自己其实是养了个大宠物。

白川兴高采烈地拉着柳七往外走：“走走走，媳妇，我带你上天。”

白川带柳七来到屋外，蹲下身道：“上来，让我背着你。”

柳七便趴在白川背上。

一瞬间，白川身形暴涨，柳七只感觉自己似乎猛地原地拔高了几十丈，再一低头时，熟悉的小村子已经整个落在身下，变成小小的、精巧的缩影。白川的龙身近看几乎巨大得不可思议，龙鳞银白胜雪，一片片坚硬光滑，月华星辉游走在鳞甲锋锐的边缘，分割出冷冷的光。

如同一场最瑰丽疯狂的梦境，白川载着柳七，扶摇直上，迅疾如电，穿透流岚与暮霭，将山川大泽远远甩在身后。云雾化生的清凉水气在猛烈的冲击下破碎又聚合，不断变幻形状。少顷，一人一龙已升腾至云层之上，通天彻地，乘奔御风。一轮圆月遥遥洒下清辉，涟涟如水的天光霜色落在不断翻涌的暗翳云朵之上，神异壮阔，有如另一个世界的海面。

这时白川开口了，从这庞大身体里发出的声音依旧清亮动听：“小七？”

柳七从震撼中回过神来，忙应道：“我在。”

白川舒了口气：“我飞起来就后悔了，怕你掉下去。”

柳七：“……”

白川：“但是飞到云彩上看月亮，真好看。除了你，别的人一定都没看过。”

柳七将他的龙角握紧了些，心里一阵激荡：“没错，除了我，估计也没人骑过龙。”

白川骄傲：“那是，除了你谁敢骑我？我翻个筋斗就摔死他。”

柳七笑着摸了摸白川的鳞片。

这时一阵巨大的轰隆声传来，震得柳七几乎抓不住龙角。

柳七：“打雷了？莫非要下雨？”

白川沉默了一下，道：“是我肚子响。”

柳七也是服气：“……”

白川向往道：“你看月亮，好像一张饼，也不知道是什么馅儿的。”

柳七被逗乐了：“月亮哪有馅儿？你那双眼睛是不是看什么都像吃的？”

白川撒娇似的：“媳妇，我飞得好饿啊。”

柳七哭笑不得：“下去吧，我们吃好吃的。”

白川载着柳七向下飞，离地面还有一点距离时白川变回人形，抱着柳七轻盈地落在地上。

晚风静谧温柔，拂过耳畔。

白川像个等待夸奖的小孩子，兴高采烈地问柳七：“怎么样，喜欢吗？”

柳七发自肺腑地点点头：“喜欢。”

白川顿时一脸嘚瑟，恨不得长出一根尾巴翘到天上去：“我以后没事儿就带你飞。”

柳七笑得眼睛弯弯的，很好看："行。"

白川看看柳七，欲言又止。

柳七："你想说什么？"

白川忙道："没什么。"

说完又继续偷偷摸摸看柳七。

柳七想了想："对了，你是想吃东西吧。"

白川低头对了对手指："倒是也想吃东西。"

柳七听着这话里有话，便追问道："还有别的呢？"

白川装成漫不经心地四处看来看去，含含糊糊地说了句什么。

柳七竖起耳朵："什么？说清楚点。"

白川小心翼翼道："我们是不是……该洞房了？"

柳七脸一红，凶巴巴道："你这个人，怎么刚成亲就要洞房，下不下流？"

白川面露窘色："那要成亲多久才能洞房呀？"

柳七急步往屋里走："不晓得，我以前又没成过亲。"

白川着急："不行，你告诉我，到底要多久？"

柳七趴到床上用被子将自己整个裹了起来，一丝缝儿都不露："不告诉你。"

白川跟过去往被窝里钻："小七你是不是欺负我不懂你们的规矩？"

柳七使劲把白川往外推："你别进来！"

白川伸手进去呵痒痒，柳七笑了起来，不甘示弱地反击回去，两个人在床上又笑又闹滚成一团，厮磨间便渐渐有了反应。

白川红着脸在柳七身上摸了把，明知故问道：“怎么弄？”

柳七慌得不行：“你别碰！下流！”

白川一手去解柳七的衣服，撅着嘴一脸不高兴：“就碰！就碰就下流！”

柳七平日里的凶悍也不知道哪去了，害羞得要命，一开始还故意恶声恶气地吼白川两句，叫他别动手动脚的，结果白川委委屈屈地眨巴了两下大眼睛问了句：“你对我这么凶，是不是心里其实不喜欢我？”

柳七立刻被打回原形，毫无底气地嗫嚅道：“喜欢的……”

白川扑到柳七怀里用脑袋乱蹭了一通，边蹭边无比自然地顺手扒了柳七的衣服，柔声道：“小七，媳妇，听话。”

白川清亮好听的声音在耳边响起，柳七瞬间就没了抵抗力，心里一片糊涂，面红耳赤地任白川为所欲为。白川无比耐心温柔，开始的不适与羞耻慢慢被缠绵的情热焚烧殆尽。小小的屋子里春意渐浓，温存的低语浅吟像撩人的火，一丝一缕，燃了满室。

经了人事后，食髓知味的柳七天天没完没了地缠着白川。坦诚相见过几次，柳七也抛开了起初的青涩腼腆，越来越放得开了。

这天白川在院子里刷碗洗衣服，柳七坐在房檐下懒洋洋地吹着风，眼睛在白川瘦劲柔韧的腰肢上转了几圈，便按捺不住地走过去，土匪似的把白川大头朝下往肩上一扛。白川吓了一跳，水流失去了法术的控制，喷溅四散，淋了二人一身。

白川不满："小七你看你！"

柳七拍拍他屁股："衣服湿就湿了，反正待会儿也得脱。"

白川扭来扭去表示抗议："你又来！我不行，我累了！"

柳七把人往床上一掼，压了上去，勾勾白川的下巴道："你躺着就行，我自己动。"

白川鼓着腮帮子："那也不行，我都要被你榨干了！"

柳七不满地捏了一把白川的腰："天天给你做好吃的，都吃哪去了？一天三次就榨干了？"

白川惊悚地瞪大眼睛："三次还少！"

柳七一本正经："龙性本淫，你究竟是不是龙？"

白川欲哭无泪，躺平装死。

柳七捏捏他的脸："别装睡。"

半个时辰后，白川扶着腰从屋里走出来，继续洗碗洗衣服。

柳七春光满面地跟在后面，显然是吃饱了。

白川哼哼唧唧："腰酸。"

柳七："晚上给你做爆腰花，烤牛鞭，好好补一补。"

白川一听到吃的就眼睛放光："好啊。"

柳七宠溺地敲敲他脑壳："出息。"

白川吐了吐舌头。柳七转身进厨房准备晚上的饭。不一会儿，炊烟袅袅升起，融进初夏暖融的夕阳中，一派烟火人间的安宁和满。

这个夏天还漫长，院子后的槐花开了满树，揉进面里随手就起上一锅香喷喷的槐花饼，樱桃正红艳，荔枝剔透如冰，满树的桃啊杏啊……任君采撷，吃得腻了摘上两只爽口黄枇，吃罢了夏便是秋。饱满滚圆的栗子，要蒸要炒都有道理，还有那河里的螃蟹存了一夏的肥美鲜香，河神甩甩袖子，就“噼里啪啦”掉了一地，蟹膏蟹黄肥膘末，黄酒高汤胡椒粉，杂七杂八酿出一坛秃黄油，勾得嘴馋的河神天天半夜往厨房跑。待到凛冬的严寒封冻了河水，还有红得耀眼、甜到粘牙的冰糖葫芦，买上两串不顾冷风“咔嘣咔嘣”地吃着，回家一开门就嗅到满腔火热滚烫的羊肉香，那烂熟醇美的炖肉一路飘香，飘走了冬，飘来了春，又是万物复苏，食材丰美，闷了一冬天的小河神拉着媳妇到处逛吃逛吃，暖和明媚的春光，柔柔地漾了满身……

年复一年，浮生悠然。

【番外】

七月初五，东海龙王九千岁大寿，江河湖海中，所有有头有脸的水族都收到了请柬，河神白川自然也不例外。

柳七提着一个精致的食盒从厨房走出来，把食盒往院里的石桌上一放，三层依次铺开。

蜜饯樱桃、翠玉豆糕、金丝玫瑰卷、福禄百寿桃、佛手酥、马蹄糕……各色点心散发出诱人的甜香，勾得白川不住地咽口水。

柳七哼笑道：“出息。”

白川舔舔嘴唇：“看着真好吃，我好像又饿了。”

柳七上手按按他微微凸起的肚子：“方才那十个鲜肉大包子吃狗肚子里去了？”

白川摇头晃脑地念叨自己的吃饭经：“那是咸口的，这是甜口的，不一样。咸口的吃到饱了，再看见甜口的，一样会馋。”

柳七警惕地把食盒装好扣上：“回来再做给你吃，这份可是寿礼。”

东海龙王九千岁大寿，既然请到白川了，柳七就想着去置办些拿得出手的寿礼让白川送过去，反正白川那条河底有的是夜明珠，压根儿不用犯愁银子。

但这个想法却被白川给否了。白川说，东海龙王什么金银财宝没见过，肯定不稀罕那些，不过据说这龙王平日除了布雨之外不出龙宫一步，所以凡人吃的这些点心他说不定没吃过。柳七听了，便按着宫廷御膳的标准给东海龙王做了满满一盒的点心。

白川把柳七背在身上，仰天长啸，化身为龙。

柳七一手提着食盒，一手像把缰绳一样拽着白龙嘴边的一条须须，泰然自若地骑着龙上天了。

白川载着柳七在云层之上飞了一个多时辰，徐徐降落。下面是一片蓝汪汪的大海，半空中白川幻化回人身，揽着柳七的腰，两人飘落在海面上。白川施了个法术，他们便踏着浪站定了，像两片轻盈的叶子。

“头发乱了，我给你弄弄。”白川说着，用手指拢了拢柳七的头发，把被风吹得毛毛躁躁的碎发压平了，然后打了个响指，柳七便连带着食盒整个被一层透明的结界包裹了起来，里面有空气。

白川牵着柳七下水，有点嘚瑟地说道：“走吧，下面可漂亮了。”

海水浓碧，两人向深处游动，柳七跟在白川身后，看着他雪白的流袖在水中划出丝绒般柔软的痕迹。游着游着，一群发光的水母从深处潜浮而上，身后还跟着一溜儿修炼成精的虾兵蟹将。领头的老海龟看了白川的请柬，乌龟爪子一扬，发光水母们便左右排成两队，连接出一条光的道路。海龟在前面领路，虾兵蟹将在左右护卫着，带着来参加寿宴的两人下到水晶宫里。

寿宴刚刚开始，两人把寿礼送上去，捡了两个不起眼的位置坐下了。四周都是各色各样的蛟龙，还有柳七连名字都叫不出来的、生得奇形怪状的水族。看见有凡人来参加龙王寿宴，周围这些水族都一副有趣的神情打量着柳七，有几条和白川相熟的蛟龙还冲白川暧昧地挤眼睛。

白川得意洋洋地冲他们宣布：“这是我媳妇，可好看了，做菜也好吃。”

简直无时无刻都想秀媳妇！

柳七脸通红，在白川大腿上掐了一把，低声道：“别乱说话。”

白川无辜：“哪句都是真的啊。”

“……”柳七无言，好笑地看着他。

和以前的白川一样，这些生活在水中的水族都是不会用火料理食物的，虽然也学着凡人的样子用上了几案蒲团、碗盘筷子，但是上面盛的食物仍然是生鱼生虾生海菜。

柳七不想显得太不合群，就挑着处理干净的生鱼肉啃了几口，白川则干脆一口都不吃，还目露怜悯地看着旁边的水族们吃得津津有味的样子。

白川叹息道：“可怜可怜，都没吃过好吃的。”

柳七：“你以前也这样。”

白川牵住柳七的手，目光灼热，发自肺腑道：“谢谢你给我做饭吃。”

柳七被他逗得合不拢嘴。

白川：“走，我带你逛逛。”

白川拉着柳七悄悄离席了，两个人在水晶宫里四处游玩。

水晶宫修建得十分奢华大气，主体是用珊瑚搭建的，飞阁流檐，气象万千；水晶雕琢的廊柱蜿折来去，走到哪里，都有硕大的千年老蚌适时地张开蚌壳，露出里面闪闪发光的蚌珠给来往水族照明。

柳七的眼睛都快不够用了，兴致高昂地四处看，而看惯了水底景色的白川则跟在柳七身后不住地抓鱼往袖子里塞。

柳七："……你干什么呢？"

白川竖起一根手指头挡着嘴："我捞点儿鱼和大虾，回去蒸着吃。"

柳七无奈："你想吃鱼虾还用捞？你那袖子抖一抖，不要多少有多少吗？"

白川："我袖子连通的是河底，掉出来的都是河鲜。"

白川的吃货魂熊熊燃烧："这里的都是海鲜，风味不一样的。"

柳七服气了，由着白川往袖子里捞海鲜。

在水晶宫里四处周游了一圈，两人又回到寿宴，主菜都撤掉了，案上摆着各种生海菜，柳七琢磨着这就和凡人的果盘差不多，也象征性地吃了点儿。

鼓乐声起，美丽的鲛人舞姬纷纷上前为龙王献舞。

柳七看得津津有味，白川则还牢记着上次自己去看新娘子惹得柳七生气的事，自动自觉地捂着眼睛不看，嘴里还念着《心经》，以示自己心底一片古井无波。

柳七拉他的袖子："你看你看，没事的，她们跳得可好看了。"

白川吓得把眼睛闭得更紧了："不看不看！你说'不'的意思就是'是'；你说'是'的意思就是'不'，我可不上当！"

柳七："……"

后来柳七好说歹说，总算让白川相信没有陷阱，睁开眼睛看节目。

两个时辰过去了，寿宴结束。

一直在龙王身边伺候的老海龟捧着一株一人多高的珊瑚树游

过来，道："二位送的寿礼陛下十分喜爱，特赐东海珊瑚树一株。"

白川若无其事地接了，柳七惊得下巴都要掉地上："珊瑚树这么贵重，我们收了好吗？"

白川没当回事儿："东海有的是。"

柳七幽幽道："这比一百颗夜明珠都值钱，可以说是无价之宝。"

白川一脸"不是很懂你们凡人"的表情："凡人真奇怪，这东西又不发光，哪有夜明珠好看。"

柳七无言，小心翼翼地捧着珊瑚树，骑着白川回家。

白龙咽口水的声音像打雷一样响亮："媳妇儿回家了给我做点心。"

柳七应着："没问题。"

白川："还要做今天我捞的海鲜。"

柳七："好。"

白川："那可以再下碗牛肉面吗？"

柳七："有完没完！"

白川："那买几只现成的烧鸡。"

柳七："知道啦！"

柳七拍拍白川的龙角："可以闭嘴了吗？你说话的声音都快震聋我了。"

白川："……"

暮色四合，一人一龙翱翔在绚烂的晚霞中，皎白龙神破开金灿灿的云朵，朝着远方青山绵延的方向飞去。

PART.3
古代糖水铺

SWEET
things
编号捌玖柒伍柒

一天，拂云山庄的大少爷萧晏收到了一个奇怪的东西。

那是一个一人高的细长木箱，莫名其妙地出现在了山庄门口。据门口守卫说，就是换岗时那一眨眼的工夫没看到，木箱就突然立在那了。

经萧晏首肯后，两个小厮将木箱合力抬进院子。

一个小厮呈上一封信，道：“这是压在箱子下面的，小的一并拿了来。”

萧晏接过了，看见信封一角画着一扇面具，那是唐门的标识，而萧晏有一个名唤唐夏的发小在唐门。

唐夏本是萧晏的伴读，在拂云山庄长大，两人是青梅竹马。唐夏生性稚纯可爱，萧晏则沉静稳重，两人性子互补，十分要好，整日黏在一起撕都撕不开。

然而，唐夏自小便对机关偃术充满好奇，在将拂云山庄中此类的藏书读了个遍后，唐夏被萧晏的父亲送去唐门学艺，自十二岁开始，每年只回浮云山庄探望一次，一次住个十几天，便又要赶回唐门，如此这般已经有七年之久……

一想到唐夏，萧晏的眼睛微微亮了一下。

他拆开信封取出信，读过之后笑着摇摇头，命令小厮：“把箱子打开。”

信是唐夏写的。

信中说唐夏近日来偶然得到一本古籍，其中记载了一种今已失传的机甲人制造之法。这种特殊的机甲人一经造出，表面上看来与活人几无二致，能呼吸，能思考，口吐人言，行动自如，且对第一个开启机关之人忠心耿耿，因此特地按照自己的模样造出一只机甲人给萧晏做暗卫之用。而唤醒机甲人的方法很简单，只要由主人在其耳边轻呼其编号——捌玖柒伍柒，连叫三遍即可开启，一经认主，终身不改其志。

小厮们小心翼翼地打开箱门，一个唐门装扮的机甲人闭目站在箱中，虽一动不动，但看那精致眉目，纤细身姿，的确是栩栩如生，仿佛活人一般。

萧晏走近了些，盯着这具机甲人看了好一会儿，轻声唤了句：“唐夏？”

机甲人一动不动。

萧晏抚掌赞叹：“真是巧夺天工，若不是读了信，我定要以为是唐夏躺在箱中戏弄我了。”

机甲人纹丝不动，保持着高贵的沉默。

萧晏突然低头，在机甲人脸上轻轻亲了一下。

机甲人腾地从箱子里坐起来，惊悚地睁开眼睛：“你……你怎么突然亲我？！”

萧晏淡定地扬了扬手中信，似笑非笑道：“信中说，开启机甲人的方式就是亲一下他的脸……不得了，你这机甲人真是和活人一模一样，竟然还会说话，会脸红？”

机甲人脸红得似乎分分钟要爆掉：“你胡说！信中分明……分明……”

萧晏轻笑道："信中怎么？你一个机甲人，莫非知道信中写了什么不成？"

机甲人整个一僵，结结巴巴道："我，我自然不知道。"

萧晏含笑凑近了些，把机甲人细细打量着："你当真是机甲人？我怎么看都觉得你是活人。"

机甲人擦冷汗："我真的是机甲人。"

萧晏微笑："可是你还会出汗。"

机甲人的冷汗更是嗖嗖往外冒："唐夏技术好，这些都是水，为了更像活人。"

萧晏点头赞许道："唐夏制造机甲人的技艺当真鬼斧神工，不愧是我媳妇儿。"

机甲人"扑通"一声趴在地上："……"

萧晏："你怎么了？"

机甲人冷静起身，面无表情："没怎么。"

萧晏露出一抹几不可见的微笑。

机甲人持续面无表情："少爷，您方才说的话，可否重复一遍？"

萧晏面不改色："我方才说，唐夏制造机甲人的技艺当真鬼斧神工，不愧是我的青梅竹马。"

机甲人："……您重复得不一样。"

萧晏："哪里不一样？"

机甲人："最后几个字不一样。"

萧晏："那你来替本少爷重复一遍？"

机甲人脸一红："我不。"

萧晏摊手："那便是一样的。"

机甲人："……"

萧晏："走，我带你在山庄四处转转。"

路过花园，萧晏介绍："这是花园，你平日若是待得烦闷了，可以来此游园赏花。"

机甲人冷漠："机甲人不需要赏花。"

路过藏书阁，萧晏介绍："这是藏书阁，关于机关偃术一类的书籍皆收录在三楼东南侧，你平日若是觉得无趣，可以来这里看书。"

机甲人持续冷漠："机甲人不需要读书。"

路过厨房，萧晏介绍："这是伙房，你半夜肚子若是饿了，可以来拿些吃食。"

机甲人一脸不高兴："机甲人不需要吃东西。"

萧晏："喔？不吃东西，令你如活人一般言谈行走的动力是从何而来呢？"

机甲人："上弦。"

萧晏伸手摸："你上弦的地方在哪里？这里？还是这里？"

机甲人脸爆红，怒吼："你在摸哪里啊？！"

萧晏无辜："不摸怎么上弦？"

机甲人捂住胸口，三贞九烈状后撤三步，一脸不高兴："我自己上！不用你管！"

萧晏：“……噗。”

萧晏带机甲人来到卧房。

卧房装饰得非常奢华。

萧晏：“这是本少爷的卧房。”

机甲人：“是，少爷。”

萧晏又指指房中垂手侍立的几个小斯：“这几个都是服侍我日常起居的随从。”

机甲人：“是，少爷。”

萧晏带着机甲人走出几步，来到另一间同样非常奢华的卧房，道：“这是你的侍卫房。”

机甲人惊了：“……拂云山庄连一个暗卫都住得这么好？”

萧晏昂首挺胸：“那是自然。”

机甲人指指卧房中垂手侍立的一排小斯和丫鬟：“这是？”

萧晏：“服侍你日常起居的随从。”

机甲人：“……拂云山庄连一个暗卫都有随从？”

萧晏笑得无懈可击：“没办法，银子太多花不完，总得想法子败一败。”

机甲人：“……”

就这样，机甲人成了萧晏的暗卫，每日无声无息地潜行在萧晏身侧，暗中保护。

萧晏在房中挥毫作画，身后站着一排小斯伺候萧晏。

机甲人穿着一身黑色暗卫服侍站在萧晏上面的房梁上护卫，

正下方一排小厮和丫鬟等着伺候机甲人。

机甲人："……少爷。"

萧晏："嗯？"

机甲人："请您尊重一下我暗卫的身份好吗？"

萧晏慢条斯理地问："本少爷怎么不尊重了？"

机甲人指着自己下方跟屁虫一样的小厮和丫鬟们，略崩溃："我这暗卫明明一点儿也不暗！"

无法更明显了都！

萧晏哈哈大笑，冲小厮与丫鬟们挥挥手："你们都下去。"

小厮和丫鬟们下去了，萧晏继续作画。

画的是那个与机甲人一模一样的唐夏，只不过没穿衣服，看上去像是刚刚出浴的样子……

机甲人在房梁上往下看，越看越坐不住了："少爷。"

萧晏假装不耐烦："又怎么了？"

机甲人脸红："您这是画谁呢？"

萧晏慢悠悠道："你管呢，反正又没画你。"

机甲人噎住了："……"

过一会儿，萧晏画完了，捧着画，自言自语道："完工，好一幅唐夏出浴图，不如就贴在本少爷床头……"

"不许！"机甲人红着脸从房梁上跳下来，一把夺过画，三两把撕成碎片。

萧晏佯怒："你竟敢撕本少爷的画？"

机甲人面红耳赤道：“你画唐夏没穿衣服的模样作甚？”

萧晏好笑：“我画唐夏，和你有什么干系？况且你一个机甲人，怎么还会发这么大的脾气？”

机甲人：“……我故障了。”

萧晏把机甲人拉过来，作势要解机甲人的领扣：“哪里故障，本少爷给你修修。”

机甲人慌忙挣开：“我自己会修！”

语毕，机甲人臊得头顶冒烟，兔子似的飞快溜了出去。

萧晏站在房中望着机甲人惊慌失措的背影，忍不住偷偷笑了起来。

某日，子夜时分，机甲人的卧房还燃着灯。

萧晏穿着中衣，蹑手蹑脚地走到机甲人卧房门口，猛地一推门。

卧房中，机甲人正在小解……

见萧晏忽然破门而入，机甲人吓得一哆嗦，飞速提起裤子，惊慌失措道：“你……少爷你干什么？”

萧晏指着地上的夜壶，故作惊讶：“我倒是想问问你在干什么。”

机甲人冷静：“我在排废机油，晚上机油喝多了。”

萧晏：“真的？”

机甲人：“真的，机油。”

萧晏以迅雷不及掩耳之势“咻”地蹲下了，对着夜壶吸了吸鼻子，道：“闻着不像。”

机甲人脸红，崩溃地一把夺过夜壶：“不要闻啊！”

萧晏笑眯眯地抬眼看机甲人："你牙齿上有一片菜叶。"

机甲人放下夜壶，一捂嘴："哪颗牙？"

萧晏："噗，逗你的。"

机甲人："……"

萧晏："你不是只喝机油吗，怎么会以为自己牙上真的有菜叶？"

机甲人："……"

气氛突然安静。

机甲人沉默三秒钟，生硬岔开话题："少爷半夜三更突然闯进来可是有什么吩咐？"

萧晏配合地被岔开话题："睡不着觉，你来陪我。"

机甲人："怎么陪？"

萧晏往床上一躺："这么陪。"

机甲人："这是我的床。"

萧晏："这拂云山庄中所有的东西都是本少爷的。"

机甲人："……"

萧晏："躺上来，陪我说说话。"

机甲人红着脸躺上去了。

萧晏无比自然地伸手在机甲人胸口摸了一把，又捏了捏。

机甲人惊悚脸捂胸："……干什么？！"

萧晏："你……莫非有心跳？我方才摸到有东西在动。"

机甲人："那是齿轮！齿轮！"

萧晏忍笑。

萧晏："陪我说说话。"

机甲人谨慎："少爷想说什么？"

萧晏："掐指一算，唐夏再过几日应该就会来看我了，往年也都是这个时候。"

机甲人："喔。"

萧晏："想必唐夏现在已在路上了。"

机甲人紧张地瞟了萧晏一眼："大约是的。"

萧晏叹气："我有一肚子话想对小夏说，可是每次见了面，都说不出口。"

机甲人紧张得直咽口水，"咕咚"一声，迟疑了片刻，一脸严肃道："少爷心里有话可以对我说，我只是个机甲人，什么都不懂的。"

萧晏笑了："有理。"

机甲人竖起耳朵凑过去听。

萧晏："我喜欢小夏。"

机甲人脸红："是……是那种喜欢吗？"

萧晏："嗯，是那种喜欢，我从小就中意小夏了，青梅竹马这么多年不是白当的。"

机甲人捧心尖叫："啊啊啊啊啊！"

萧晏失笑："你不是个什么都不懂的机甲人吗？乱激动个什么劲。"

机甲人激动地捂着脸在床上滚来滚去:“你为什么不早说？！”

萧晏撑着头侧身躺着，含笑看着滚来滚去的机甲人:“我不敢，我怕小夏心里没有我，这也就罢了，我最怕的是若是把心思说出口惹得小夏厌弃了，会连朋友都做不成。”

机甲人腾地坐起来:“唐夏也是这么想的！唐夏心里也有你！”

萧晏笑得很欢乐：“你怎么会知道，难道你是唐夏肚子里的虫？”

机甲人一秒钟恢复冷静，望天吹口哨：“不不不，我不知道。”

萧晏又上手按住机甲人的胸口：“这里动得更厉害了。”

机甲人挥开萧晏的手，脸红道：“我齿轮……齿轮故障了！你别总非礼我！”

萧晏凑近，似笑非笑，嘴唇几乎要贴在机甲人嘴上：“真的是齿轮？”

机甲人从床上跳下来：“我……我……”

萧晏：“你去哪里？”

机甲人硬着头皮：“我回唐门换个齿轮！”

说完，机甲人便一阵风似的冲了出去。

人出门了，萧晏才终于憋不住哈哈大笑起来。

几天过去了，机甲人一直没再出现。

看起来仿佛是真的回唐门换齿轮了……

这天，萧晏正在书房读书，有小断进来通报，是唐夏回山庄了。

萧晏起身走出书房，看见唐夏披着一身晨光站在自己面前，面颊微红。

外形和那个机甲人一模一样。

还没等萧晏开口，唐夏便抢先开口道：“又是一年不见了。”

萧晏微笑：“是呀，一年不见。”

语毕，萧晏凑上去，拂去了唐夏肩头上的桂花碎瓣。

唐夏脸红，但没躲。

萧晏含笑：“我卧房后的桂花开得正好，我们去看。”

SWEET
things
土匪寨斗之路

01

很久很久以前，有一个土匪。

土匪是个无父无母的孤儿，小时候被大土匪从路边捡回山上，当儿子养。土匪十八岁的时候，大土匪蹬腿儿了。

于是土匪被迫用柔弱的双肩担起了义父留下的土匪寨子。

寨子里有二十来号等着吃饭的小土匪。

02

这日，土匪率领手下们下山，绑上来一个富家少爷，要赎金。

少爷挨了一闷棍，昏迷着，被土匪小心翼翼地戳醒了。

土匪结结巴巴："此山是我栽……不对，此山……"

少爷迷迷糊糊地醒转过来："土匪？"

土匪第一次干绑票的勾当，不太好意思，清秀的脸红成一片："啊。"

少爷："你把我抓进土匪寨里了？"

土匪闷闷地"嗯"了一声，挠着头琢磨待会儿该怎么在不伤感情的前提下要钱。

没想到，那少爷却兴高采烈地一拍手，大喝道："好！太好了！"

03

土匪吃惊："好什么？"

少爷："我爹逼我考科举，我天天在家'头悬梁，锥刺股'，夜夜读书读到子时，早就想来落草为寇了，你收了我吧！”

土匪吓了一跳，忙摆手：“不成不成，我这儿二十多张吃饭的嘴，养不过来。”

少爷继续吐苦水：“你说我读书累也就算了，还他娘的要宅斗！”

土匪忙道：“我们也得寨斗的，不比你轻松。”

少爷：“宅斗也就算了，要命的是，我二弟前段日子生了场大病后整个人就变得贼坏，三天两头在我爹面前阴我，我怀疑他重生了，要逆袭我。”

土匪：“……你在说什么乱七八糟的？”

少爷摇摇头：“你平日一定不去茶楼听说书。”

土匪：“我前几日倒是去茶楼踩过点儿，就看着你了。”

少爷：“《重生之庶子逆袭》《重生之庶子归来》《重生之庶子打脸》《重生之庶子夺嫡》……都没听过？”

土匪一脸懵逼：“没。”

少爷亲热地勾住土匪的脖子：“没事，以后我慢慢给你讲，好玩儿着呢。”

04

土匪愣了一会儿，把少爷推开了：“谁跟你以后？！我这儿绑架呢，你快给你爹写封信，让他拿银子来赎你。”

少爷：“不写，你坏。”

土匪脸一红，底气不足地辩解："你们有钱人家，拔根汗毛都比我腰粗……"

少爷盯着土匪的腰，深以为然："的确是细。"

土匪："……"

少爷摸着下巴，啧啧道："正可谓，盈盈一握若无骨。"

土匪"刷"地抽出大砍刀："盈你大爷。"

少爷乐了："噗。"

土匪把大砍刀小心翼翼地摆在少爷脖子上："你写不写？"

少爷摆摆手："好好好，写就是了，笔墨伺候。"

小喽啰们忙一拥而上，把昨日为了绑票专程下山买的笔墨纸砚在桌上摆了一溜儿。

少爷大笔一挥，上书："爹，孩儿打算外出游历些许时日，万事安好，勿念。"

少爷："喏，写好了。"

土匪不识字："你写的什么？"

少爷一字字地指着念："爹，孩儿被土匪绑到山上要杀头，拿钱来赎，救命。"

土匪满意了，差了个小喽啰下山送信。

05

半个月过去了，土匪并没有收到任何赎金。

不仅没有赎金，而且这位大少爷身子娇贵嘴又挑，一个人的花销抵得上寨子里十个小喽啰，眼瞅着就要把土匪吃破产。

这日，土匪来到寨子的后厨，一看，少爷正在做吃的。

土匪上前质问："你爹怎么还没把赎金送来？"

少爷慢悠悠地把一条大鱼去鳞、去骨、肉拆块剁成肉泥，道："别急，定是家里没有现银，在想法子典当。"

土匪急得直蹦："这都半个月了还没典当完？！"

少爷把肉泥和上白面，舀了一勺鸡汤进去，细细地揉着："明日必到。"

土匪痛心疾首："你昨日也这么说的，'明日复明日，明日何其多'啊！"

少爷："呦呵，会吟诗了。"

土匪："你别扯淡，银子再不送来，我都要饿死了。"

少爷切出一条条细面，用鸡汁煮面，下了火腿块、鸡肉、蘑菇丁、青菜丝，还卧了两个鸡蛋，悠然道："莫慌，我这不下面给你吃呢？"

土匪不争气地吞了吞口水。

少爷盛出两大碗香气扑鼻的面："银鱼鸡蓉翡翠面。"

土匪目瞪口呆："我只吃过阳春面和牛肉面。"

少爷："尝尝。"

土匪风卷残云般把自己那碗面吃光了，连碗底都舔得干干净净。

06

少爷："待会儿做雪蒸糕吃，我见家里厨子做过。"

土匪打了个饱嗝："好好好！"

少爷抚掌大笑："哈哈哈！"

土匪回过味来："……不对，你这些食材，都从哪来的？"

少爷："自然是你手下下山采买时，嘱托他们带的。"

土匪拍案而起："花的都是我的银子！"

少爷："非也。"

土匪："？"

少爷一弯腰，从桌子下的背篓里翻出一根模样不起眼的野草来："这草名唤雪禾，是一味贵重草药，在这山上生得极为茂盛，前日我叫小的们采了些，下山换了不少银两。"

土匪："小的们？你挺自来熟啊。"

少爷："你们占山为王，山下人不敢上来，没人知道这有这种草药，以后我们衣食不愁了。"

土匪："我们？你等等，我这绑架呢，你醒醒。"

这时，一个小喽啰一推门，欢乐地探进脑袋："二当家，我们这趟下山拿草药换了五两银子呢！"

少爷："乖，再去多采些。"

小喽啰："好嘞，二当家！"

土匪脸一红，抄刀就追出去了："你管谁叫二当家呢？！小兔崽子！你给我回来！”

07

一个月过去了，土匪仍然没有收到任何赎金。

而少爷已经率领小喽啰们在寨子里辟出一块地种草药了。

土匪看着原本天天舞刀弄棒的小喽啰们拿着锄头戴着草帽，田间地头地忙活，眼珠几乎吓到脱窗。

土匪：“你们干什么？！”

小喽啰们见大当家来了，纷纷露出了劳动人民的朴实笑容：“大当家，我们种地呢。您看看这苗儿长的，多壮实。”

土匪：“……”

小喽啰们歇够了，喊着号子抡起锄头。

土匪的权力基本被架空。

少爷在不远处树下的凉棚里，喝着酸梅汤，吹着风，拿着本书躺在藤椅上，悠哉得一比。

土匪气势汹汹地杀过去：“你再不交赎金我就……”

少爷冲他一勾手，神秘兮兮地打断道：“先别忙，我发现一件事。”

土匪：“什么？”

少爷掸掸手上的书，道：“根据此书记载，这山间气候十分适合种植一种黑皮鸡枞菌。”

土匪一脑袋问号："黑什么鸡？"

少爷口若悬河道："《本草纲目》有载，鸡枞菌益味清神，有补助肠胃，养血润燥之功效，不仅可以入药，味道与口感也皆为上佳。明代杨慎曾把它比作琼浆玉液，盛赞其鲜嫩美味。若能种植，无论卖给酒楼还是药铺，都有销路，是条发家的路子，你懂不懂？"

土匪一脸懵逼："不懂。"

少爷亲昵地用书卷轻轻敲了一下土匪的脑袋，柔声道："小笨蛋。"

土匪脸爆炸红："你你你……"

少爷书卷一掩，抻了个懒腰："我打算把手下分成两拨，一拨试着种蘑菇，一拨继续种草药，大当家意下如何？"

土匪："我听都听不懂，哪有什么意下，你是不是欺负我读书少？"

少爷一拍大腿："那就这么定了。"

08

三个月后，土匪仍然没有收到任何赎金。

寨子里日日皆是一派热火朝天的劳动景象，小喽啰们在少爷的领导下，不仅种草药，种蘑菇，还开始养鸡，每天都能收获十个鸡蛋，营养跟上了，原本面黄肌瘦的小喽啰们都吃得面色红润。

土匪无比痛苦地看着自己义父一手建起的黑风寨，变成了先进农业示范基地。

09

于是这天入了夜，土匪把大刀擦拭得雪亮，招呼小喽啰们：“小的们，咱们下山干一票去！”

小喽啰们聚集在少爷周围，嗑瓜子，吃蜜饯，喝茶水儿，聚精会神地听少爷说故事。

少爷：“……这人醒来之后呀，就发现，哎？这身子不是我的啊！我是谁我在哪我在干什么？”

小喽啰们纷纷表示这太可怕了。

少爷：“过了几日，这人发现，原来他竟借尸还魂到一个大户人家的庶子身上了，头上有个正房夫人生的大哥，作威作福！”

小喽啰们纷纷表示那太气人了。

少爷：“这人就想，这不成，我得逆袭啊，我借尸还魂之前那八十多岁可不是白活的！于是他……”

土匪：“咳……那什么，我插一句……”

土匪气壮山河地大吼：“我们下山干他娘一票大的去！”

小喽啰们纷纷表示：大当家你别闹我们正听到关键的地方呢。

土匪不知所措，十分尴尬：“……”

少爷冲土匪招招手：“坐坐坐，一起听。”

于是小喽啰们一拥而上，把土匪按坐下了，又往他嘴里塞了一块甜甜软软的点心。

就这样，土匪听少爷讲了一晚上的《重生之庶子逆袭》。

还听得兴致勃勃。

10

三更半夜，小喽啰们都散了。

土匪还缠着少爷不放：“你讲啊，他是怎么把大少爷阴进牢里的？”

少爷摆摆手：“今日讲完了，明日请早。”

土匪扯着少爷的袖子不放：“再讲一小段，就一小段。”

少爷眨眨眼睛，贴在土匪耳边小声说了句话。

土匪惊呆了！

少爷贼贼地一笑：“怎么样？同意的话我再给你讲七段。”

土匪咆哮：“我不！”

说完，土匪一转身，撒丫子就跑，溜得比疯狗都快。

11

半年后，土匪不仅没有收到任何赎金，而且权力完全被架空，已经是个废土匪了。

小喽啰们每天早晨起来，先给二当家请安，然后再给大当家请安。

一点儿规矩也没有。

这日，土匪将自己的大刀磨得雪亮，提刀来到少爷面前，把刀往地上一插。

少爷：“？”

土匪红着眼圈，吸吸鼻子：“这是我义父用了一辈子的刀，他说要传给黑风寨之主，我寨斗输了，现在你才是黑风寨的主人，这刀得归你了。”

少爷望着那刀，眼睛一弯，笑得像狐狸似的：“你舍不得这刀。”

土匪哭唧唧：“当然舍不得了。”

少爷拿起刀，塞回土匪手里：“那还是还给你。”

土匪：“这不合规矩，明明小的们现在都只认你，不认我……”

少爷：“刀归你，你归我。”

土匪：“……”

少爷：“你这刀还想不想要了？”

土匪一咬牙一跺脚：“要！”

12

是夜，少爷给土匪讲《重生之庶子归来》。

讲了七段。

PART.4

阿宅也嗜甜

SWEET
things
学渣与文曲星

01

从前，有一个学渣。

这个学渣，不好好学习，仗着家里有钱，整天在学校混日子，抄别人作业，上课睡大觉。

但是学渣父母望子成龙，于是这年，学渣高二暑假，父母带着学渣去旅游。旅游第一天就押着学渣去了一座很灵验的寺，花大价钱给文曲星烧了高香，求文曲星保佑儿子成绩好一点，不求太好，至少也得考个大学念念。

父母给文曲星上香时，学渣一脸无聊地在旁边站着玩手机。

父母催着学渣来给文曲星磕头。

正处于中二叛逆期的学渣：“我不磕。”

父母劝说：“你来磕头，今天拜神，明天开始随便你到哪里玩。”

学渣扭头，一溜烟儿地跑了。

02

学渣不敬神，报应来得可快了。

当天晚上八点，学渣吃饱喝足洗完澡，在被窝里玩手游，15连抽坠机，非常非。

学渣正生气，床边忽然冒出一个黑影。

学渣吓了一跳，抬头一看，竟是个高冠博带的古人，正站在床边低头看自己的手机。

学渣：“卧槽，你谁？”

古人："我是文曲星。"

古人周身仙气缥缈，非常唯美，看着的确挺像是个神仙。

"……"学渣忍不住有点儿信了。

文曲星："你父母今天给我烧了高香，我来实现他们的愿望，保佑你成绩好，考个大学。"

学渣乐了，从被窝里坐起来，张开双臂，闭上眼睛，对文曲星道："来。"

文曲星一脸懵逼："来什么？"

学渣："来啊，保佑啊。"

文曲星摸出一本《五年高考三年模拟》糊了学渣一脸，怒道："那还闭着眼睛坐在床上干什么，随我来做题！"

学渣不干了："等等，你说你'保佑'我，那你不能"BIU"的一声施个法术就让我考上清华吗？"

文曲星咆哮："哪有那么容易！当然要自己学！书山有路勤为径，学海无涯苦作舟啊你这个渣渣！"

学渣迷茫脸看着文曲星："……那你这和我爸妈花钱给我请了个家教有区别？"

文曲星指指自己的脸："有区别，我长得比凡人好看啊。"

学渣："Exo me？"

文曲星咆哮："是 Excuse me！你个文盲！今天不做完三套英语卷你别睡！"

学渣抱头堵耳朵："你住手！我不学！"

文曲星力大无穷，一把把学渣拎起来放在桌前，把不知道从哪变出来的英语卷子摊开，往学渣面前一摔：“你父母给我烧的香火够我吃一年，出来当神仙必须讲信用，说要保佑你上大学，就要保佑你上大学，这可由不得你。快来，第一题……”

于是，这天夜里，学渣和文曲星大战到凌晨三点，做了三套英语卷。

03

接下来的五天，本来应该是在计划好的景点愉快地旅游，可学渣却被文曲星逼着在酒店学习，根本就出不去。

学渣父母很欣慰，觉得文曲星真是奇灵无比，儿子这么快就洗心革面，于是又乐呵呵地给文曲星追加了十炷高香。

可事实上是因为文曲星力大无穷，可以轻松把学渣按在学习桌前，除此之外没有其他的原因了。

学渣哭丧着脸计算光滑平面上小球的加速度：“我爸妈现在在游览著名景点……”

文曲星语重心长地安抚道：“你这不也在做著名习题集？”

学渣吞了吞口水：“我爸妈现在在吃当地特色美食……”

文曲星谆谆善诱道：“你现在也在吸允着知识的花露，品尝着智慧的芬芳。”

学渣很忧伤：“我爸妈现在一定玩得很开心……”

文曲星声情并茂地朗诵道：“而你，只有学习能让你快乐！”

学渣："……你滚。"

文曲星 ："我不。你看看你，十道题对一道，真想让我滚，你就考上大学，你考上大学我不就滚了吗？"

学渣含泪继续和物理题奋战，战了一会儿，实在是不会，笔一摔，悲愤道："那你倒是过来给我讲讲啊！"

文曲星非常欣慰，乐呵呵地凑过去给学渣讲题。

和气地讲着题的文曲星与努力试图学习的学渣构成了一副非常和谐正能量的画面。

04

十分钟后，文曲星崩溃咆哮："这么简单的事情究竟还要我说多少遍？！"

学渣也咆哮："我就是看不懂啊！"

文曲星："不就是套定理吗笨蛋！"

学渣："神仙居然骂人！"

文曲星："这个定理抄五十遍，给你半个小时时间。"

学渣恼火："半个小时抄不完！"

文曲星从袖子里掏出一把鞭子："这是一把紫电神鞭，抄不完我就电你。"

学渣："……"

和谐的假象破灭。

学渣趁文曲星不备，"腾"地跳起来朝门外拔足狂奔；文曲星“嗖”地就追了上去挡在学渣面前，快如闪电。

学渣：“你怎么这么快？”

文曲星指指自己脚下面那层薄薄的气雾：“傻孩子，我装备了祥云，移动速度提升 30%。”

学渣又一扭头，使出全身解数朝窗户飞跑过去，打算跳窗出逃。

文曲星再次飞跑到窗边挡住去路。

如此来回反复了半个小时，学渣的五十遍定理一遍没抄上，倒是往返跑了五十遍，精疲力竭。

05

旅行结束，文曲星阴魂不散地跟着学渣回家了。

因为有仙气护体，文曲星可以选择只让学渣看见自己。

文曲星强占了学渣一半卧室、一半床、一半零食，每天惨无人道地逼着学渣学习，从“五三”做到王后雄，一言不合就抄定理，两言不合就祭出紫电神鞭。不仅在学渣家里寸步不离地盯着，学渣上学他也要跟着。学渣上课的时候，文曲星就站在学渣旁边，监督他，保佑他，不让他玩手机，不让他睡觉，学渣一溜号，文曲星就掐他大腿。

可是别人看不见文曲星。

于是这天学渣好端端地溜号玩着手机，忽然“嗷”地尖叫一声：“啊啊啊卧槽疼啊！”

文曲星愤怒地按了手机锁屏键："我去个厕所的工夫你也要肝一把御魂？"

学渣气坏了："十层大蛇马上打通了！"

语毕，哭唧唧地抽打文曲星。

落在同学老师们的眼睛里，学渣就是在自言自语抽空气，非常有病且目无师长。

于是学渣就被老师撵了出去。

绕操场跑十圈。

06

如此这般，一年的高中时光很快过去了。

文曲星日以继夜呕心沥血地教导着学渣，努力让学渣走上正道，考个大学。

而学渣也一直在坚持不懈地抗争，每天试图通过各种手段逃脱文曲星的掌控。

翻墙、跳窗、跑酷、潜行……样样精通，在和文曲星常年你追我赶的过程中，长短跑也练得越来越快了。

渐渐地，文曲星即使在 30% 速度加成的状态下也跑不过学渣了。

于是，在两人不断的努力下……

学渣最终以体优生的身份被大学录取。

文曲星表示这和自己想象的好像有些出入？！

07

拿到了录取通知书的学渣在文曲星肩膀上拍了拍，说："你看，一样的，这不是也考上大学了吗？"

文曲星："……可是你的成功好像和我没什么关系。"

学渣："怎么没关系，如果不是天天被你逼得花式逃跑，我能练出这么快的跑速吗？"

文曲星竟无言以对。

学渣和学渣的父母欢天喜地。拿到录取通知书的晚上，他们去摆了一大桌庆功宴，亲戚朋友齐聚一堂，热热闹闹地给学渣庆祝。

庆功宴结束，学渣晚上回到家，看到文曲星正在卧室里收拾行李。

都是这一年来学渣给他买的各种各样凡人喜欢的东西，有衣服、有小说漫画、有游戏机，还有一个星空小夜灯……

文曲星："任务完成，你上了大学，我得回天庭了。"

学渣怔了一下，声音低低的："喔。"

文曲星晃了晃手里连载中的《柯南》，说："记得把大结局烧给我。"

学渣："有最新话我及时烧给你，但大结局你可能得和我孙子要。"

文曲星垂头丧气："好。"

学渣也垂头丧气："平时觉得你挺烦人的，但要走了还有点儿舍不得你。"

文曲星低头玩着手里的星空小夜灯，抿着嘴唇没说话。

学渣挥挥手："算了，你走吧。"

文曲星一言不发，包好行李，踩着祥云，上天了。

08

没有了熟悉的声音天天在耳边聒噪，学渣的暑假过得有些寂寞，总觉得好像少了点什么。

临大学开学不久，学渣的父母又安排了一次旅游。学渣没去，自己孤零零地待在家里看漫画，买了《柯南》的最新连载，烧掉了。

看着盆里那堆漫画烧成的灰烬，学渣望着天小声说："这个是给文曲星的。"

过了一会儿，学渣又望着天说："听说文曲星好像有很多个，给长得最帅的那个，谢谢。"

09

大学开学的第一天。

学渣提着行李来到寝室时，其他的室友还一个都没来。

学渣放下行李，挑了个下铺，自力更生开始铺床，铺到一半，身后忽然传来一声嫌弃的冷哼："铺个床都笨手笨脚的。"

学渣吓了一跳，一回头，看见文曲星站在自己身后，抱着怀。

学渣："卧槽，你怎么又来了？！"

文曲星翻了个白眼："你以为我愿意来！还不是你父母前几

天又去给我上了十炷高香，求我保佑你大学四年不挂科，英语四级、英语六级、计算机二级全过……”

学渣抱头大叫：“我不要啊啊啊啊啊！”

文曲星：“还有，你给我烧的漫画什么乱七八糟的。”

学渣委屈：“《柯南》的最新连载啊。”

文曲星咆哮：“日文的我又看不懂！”

学渣：“文曲星不应该什么都会吗？！”

文曲星一把夺过学渣手里的被褥：“高考又不考我会个屁！走开，我给你铺，看你笨的那个样！等铺完床我们就从英语四级必备单词入手，给你一个月时间，全给我背下来，别以为开学前几天军训就可以不学习了……”

学渣眼珠转了几圈，悄悄往门外蹭。

文曲星放下手里的被褥就追了过去：“你往哪跑？！”

学渣泪流满面：“你还是回天庭吧啊啊啊啊啊！”

文曲星驾着祥云就追了上去。

SWEET
things
御宅族臆想症

01

很久很久以前，有一个阿宅。

阿宅喜欢看网络小说，尤其痴迷修仙文，经常幻想某天早晨一睁眼就看见一个仙气飘飘的高人站在自己床边，带自己修仙证道、渡劫化神。

于是这天早晨，阿宅一睁眼就看见一个仙气飘飘的高人站在自己床边。

阿宅惊得六神无主，一泡晨尿险些没憋住！

高人开口："贫道……"

阿宅摆摆手，捂着下身冲出卧室："我先去个厕所！"

02

高人墨发如瀑，流云广袖，背负三尺青锋，身披一袭窗外的雪色，愈显丰神俊朗，飘然若仙。

阿宅上完厕所回来，定了定神："你是神仙？"

高人摆手："贫道只是个归元期的修士。"

小说里的情节终于发生在自己身上了，阿宅顿感这么多年的小说没白看，整个人欣喜若狂："你是来教我修仙的吗？"

高人白眼一翻："怎么可能？！贫道又不认识你。"

阿宅："……"

竟是不能反驳。

03

阿宅："那你上我家干什么？"

高人："贫道在修真界待得腻了，想到下界四处云游一番，然而带贫道往来于万千世界的无量万劫昊天印却丢了一枚螺丝，贫道便被困在这一界了。"

阿宅："……无量万劫昊天印这种东西听起来不像是会有螺丝的样子。"

高人嗤笑："无量万劫昊天印也就是你们下界凡俗之人常说的时空穿梭机，通过制造虫洞的方式在不同时空中旅行。"

阿宅："但你们修仙之人，怎么还用虫洞，难道不应该是用法力打通两界吗？"

高人翻了个白眼："科技才是第一生产力，你懂个屁。"

阿宅："……"

高人语重心长："少看两本闲书，多长点儿心吧。"

阿宅被训得不高兴了！

04

高人伸了个懒腰："去给贫道弄些吃食，再铺个床。"

被训得不太高兴的阿宅："等等，你还想住在我家？你那个无量万劫昊天印不就是丢枚螺丝吗？我给你找枚螺丝安上你就走吧。"

高人冷笑："制造无量万劫昊天印螺丝的材料是一种陨石

与碳合金混熔形成的艾德曼合金，能耐受时空旅行过程中高达500000℃的温度。这种稀有合金在下界根本就没有，所以贫道已经回不去了。”

阿宅：“卧槽，那这么重要的零件你也不带几个备用的？”

高人虎躯一震，沉默片刻后，双眸泛出骇人杀气，一字一字缓缓道：“贫，道，忘，记，带！怎样？”

阿宅慌忙摆手：“没没没，没怎样，我去给你下碗面条。”

05

高人吃饱喝足，很是满意，揉揉肚子，道：“手艺不错，可比那劳什子仙丹好吃多了。”

阿宅听见仙丹，两眼放光。

高人：“你想尝尝仙丹？”

阿宅狂点头。

高人从怀中掏出一个镂金镶玉的小瓶，从中倒出一枚指甲盖大小的红色小圆球，放在阿宅手中。

阿宅二话不说就吞了进去。

然而过了一会儿，什么也没发生。

阿宅不解：“我怎么除了肚子有点撑之外，什么感觉都没有呢？”

高人奇怪：“你想要什么感觉？”

阿宅：“吃完仙丹难道不应该脱胎换骨身轻如燕？”

高人狂笑了一分钟："哈哈哈哈哈！"

阿宅："……"

高人抹抹笑出来的眼泪，用宛如营养品推销员的语气说："这一颗小小的仙丹中包含维生素、胡萝卜素、烟酸、叶酸、抗坏血酸、钙、镁、铁、铜、磷等共计50余种营养素，还有压缩膳食纤维、压缩蛋白质，以及高达一百万大卡的能量，只要一颗下去就可以满足身体在一年内所需的全部营养物质，这还不算是仙丹？"

阿宅："就这样？！"

高人："不然还能哪样？年轻人，修仙要一步步来，不要总想着一口吃成个胖子。"

阿宅："我特么刚刚一口吃了一百万大卡！已经吃成个胖子了！"

高人抚掌大笑："这么说倒是也对，哈哈哈哈哈！"

阿宅崩溃地跑到厕所催吐。

06

高人："如不出意外，贫道便要在此长住了，你想要贫道用什么作为交换？"

阿宅兴奋地搓搓手："你教我修炼呗。"

高人把文弱的阿宅从头到脚扫了一眼："……噗。"

阿宅："……"

高人："就你这小身板，还想修炼？"

阿宅：“……”

高人：“你先下楼一口气跑十圈吧。”

阿宅看到了一线希望：“能一口气跑完十圈，就能修炼？”

高人摇头：“还早着，至少也要铁人十项全能达标才有资格，不然我家祖传的这套高强度修仙健身操你怕是跟着跳上十分钟便要猝死。”

阿宅：“……”

修仙还要跳健身操，这修仙方式也太他妈脚踏实地了！

07

阿宅：“我怎么确认你真的是修仙者？”

从刚刚开始，高人就一直只凭着一张嘴而已，并没有显露什么真本领。

高人微微一笑，从桌上随手拿起一个金属汤匙，像捏一团纸一样把汤匙团成了一个金属团。

阿宅：“嚯！厉害！”

高人：“还有更厉害的。”

说完，高人从腰间的一个巴掌大的小口袋里掏出一件法宝。

阿宅指着那个小口袋，兴高采烈：“这个我知道！这是乾坤袋！里面能装很多东西！”

高人高深莫测地微笑：“正是。”

阿宅：“这乾坤袋是你用法力维持的吗？”

高人："非也，这乾坤袋是运用了多维空间技术。"

阿宅："……"

这他妈一点儿也不玄幻!

高人晃了晃手中那个造型特别像手枪的法宝，道："让你开开眼，这法宝名曰天魔绝命封神枪。"

阿宅略期待地看着。

高人冲桌上吃空了的面碗扣动扳机，面碗瞬间化为灰烬，随风散去。

阿宅鼓掌："不得了不得了！"

高人淡然一笑，收起法宝，道："当然不得了，天魔绝命封神枪是最先进的粒子束能量武器。"

阿宅："……"

你们就非要给高科技物品起那么中二的名字吗？！

08

阿宅："恕我直言，我觉得你们不是真修仙。"

高人："喔？此话怎讲？"

阿宅："你们明明就是依靠高科技啊，跟修仙一毛钱关系都没有，你离开高科技的话也就是能掰弯个汤匙而已。"

高人摇头："自然是有关系的，我们通过修仙令身体更长寿、更强壮，然后才能更好、更长久地享受高科技带来的种种好处。"

阿宅："……"

感觉好像没有一个地方是对的可又偏偏无法反驳！

阿宅一扭头，下楼跑圈去了。

09

时光如水，岁月如梭！

转眼就从冬天到了夏天。

这半年过去，阿宅习惯了锻炼身体，健康状态得到了很大的改善，不仅不用担心猝死，身材还变好了，穿衣显瘦，脱衣有肉。

这段时间是三伏，天非常热。

高人关切地看着汗流浃背地锻炼的阿宅，问："天热不热？"

阿宅："那必须热啊。"

高人从乾坤袋里掏出一个法宝，曰："便让贫道以玄冰广璃如意杖助你一臂之力。"

阿宅："……"

高人用玄冰广璃如意杖往天上一指，六月天开始下雪，气温瞬间降下来了。

高人得意洋洋："这柄玄冰广璃如意杖乃是……"

阿宅抢答："人工降雪。"

高人："不错。"

10

又是一年过去，阿宅铁人十项全部达标，身材好得不行，气质又阳光起来了，脸也跟着变好看了些。

阿宅对着镜子照了照，挺满意。

高人站到阿宅旁边，也跟着照了照镜子。

这一下就把阿宅比下去了，因为阿宅只是凡人的好看，高人却是帅得毫无半点瑕疵，俊美得发光。

阿宅略羡慕："你说你怎么长得这么好看呢？"

高人摸摸自己的脸："其实贫道本来长得不好看。"

阿宅："……"

高人："多亏了仙蕊月裳百花丸，只消服下一颗，容颜赛神仙。"

阿宅："卧槽，那么厉害。"

高人："自然是厉害的，这仙蕊月裳百花丸进入人体之后可以改变体内的DNA序列，将这个人调整成完美长相。"

阿宅听得很心动："那你还有吗？"

高人露出一抹淫笑："自然是有的，但是只剩一颗了，你们这穷乡僻壤又买不到，所以贫道要留给贫道未来的道侣。"

阿宅"喊"了一声。

11

高人："你现在的身体素质已经不错了，今日我先教你御剑。"

一听能御剑，阿宅兴奋得不能自已。

高人从乾坤袋里抽出一柄剑，道："此乃龙吟破浪飞天剑。"

阿宅："我踩上去就能飞吗？"

高人："此柄龙吟破浪飞天剑采用了反重力技术，你踩上去后只要大喝一声'人剑合一，急急如律令，动'，剑便会动了。"

阿宅："卧槽，好羞耻啊，为什么必须得喊这句？"

高人："因为龙吟破浪飞天剑采用了语音识别开关技术。"

阿宅迫不及待地踩上去，忍住羞耻喊了口诀，龙吟破浪飞天剑疯狗一样蹿了出去，阿宅刚飞出一米就摔在地上。

阿宅爬起来："这什么情况？"

高人："平衡感不够好，你学骑自行车不也要练习很久的平衡？御剑和骑自行车是一码事儿。"

阿宅："……"

神TM一码事儿！

12

经过艰苦卓绝的练习之后，阿宅终于学会了御剑。

毕竟两年来每天进行大量的锻炼，肌肉强度、神经反射速度都远远高于普通人，这也是学习御剑的必需条件。

在空中自由自在地翱翔，非常舒爽。

这天阿宅御剑回家。

高人躺在沙发上，把一点也不宅了而且还很帅气身材很好的阿宅从头到脚打量了一番，问："想不想让你的修为更进一步？"

阿宅："想啊。"

高人摩拳擦掌："那就来双修吧。"

阿宅好奇："怎么双修？"

高人掏出一个小瓷瓶倒出一颗药丸塞进阿宅嘴里，道："先把这个吃了。"

阿宅很听话地咽了进去，问："这是什么药？"

高人："药名我不方便告诉你，是一种可以刺激激素分泌的化学制品。"

阿宅："所以呢？这药有什么用？"

高人神秘一笑道："你猜。"

13

三个小时后。

破布娃娃一样的阿宅："……完事了？"

高人怜爱道："完事了。"

阿宅一脸迷茫："这就叫双修？"

高人："对啊。"

阿宅奇怪："但是我什么感觉都没有啊。"

高人："你确定？"

阿宅："不是，我的意思是，双修完不应该感觉体内内力汹涌，打通了这脉那脉的吗？"

高人："怎么可能，修仙一事需要循序渐进，哪有这种捷径。"

阿宅急了："那双修究竟有什么用啊？！"

高人："双修的作用是就让修士身心愉悦。身心愉悦了，修炼起来也就更有劲了，没别的。”

阿宅很想打他：“……更有劲？我现在连站都站不起来！”

14

阿宅不高兴了，阿宅感觉自己被高人打着双修的旗号戏弄了。

于是阿宅追着高人，从卧室一路打到浴室。

高人被阿宅按在浴缸里。

阿宅咬牙切齿：“我要揍你了！”

高人：“我给你吃个好东西，真好东西。”

高人说着，从怀中再次掏出两个小瓷瓶，分别倒出两颗仙丹递过去：“吃吧。”

阿宅怀疑：“我怎么知道究竟是好东西还是坏东西，你让我吃我就吃？”

高人理所当然：“对啊，因为如果不是我让着你你根本打不过我。”

阿宅：“……”

高人亲切询问：“要我把你的嘴掰开吗？”

阿宅含泪吃下两颗功效不明的仙丹。

一分钟后，原本普通好看的阿宅突然变得好看到令人发指！

阿宅不敢置信：“我的脸！你给我吃的该不会是……”

高人微笑：“这两颗药丸中，一颗是仙蕊月裳百花丸。”

阿宅脸红了：“那不是你给你道侣留的吗？”

高人："对啊，是啊，有什么问题吗？"

阿宅被巨大的幸福席卷了，问："那另一颗呢？"

高人神秘地一笑："另一颗，还是刚才那种药。"

15

一个小时后，阿宅从浴室出来。

高大帅气的心理医生一脸蛋疼地跟在阿宅身后。

心理医生："今天份你演够没？"

阿宅握了握拳，目光炯炯有神："道侣，我仿佛能感觉到一丝真气在体内到处冲撞，是不是你传给我的？"

心理医生一脸冷酷："不是。"

阿宅："嘴硬。"

心理医生表情软化了些，配合道 ："是是是，是我刚才传给你的真气。"

阿宅兴高采烈地踩着滑板御剑去了。

心理医生把口袋里的两个药瓶放回储物柜，自言自语道："今天的药总算是骗进去了，明天还不知道要怎么骗呢。"

阿宅踩着滑板："人剑合一，急急如律令，动！"

"哎。"心理医生叹了口气，认命地推着阿宅在屋子里到处动了起来。

【小剧场】

臆想症

热心网友 提问：

医生您好，我是一个资深御宅族，我近年来阅读了大量修仙小说，结果有一天小说里的事情真的发生在我身上了。

有一个得道高人突然出现，来教我修仙。高人特别帅，技术又好，我的意思是修仙技术。我在高人的指导下，服用仙丹灵药，每日坚持锻炼身体，现在已经掌握了铁人十项以及御剑的能力，本来修仙前景是一片大好的。但是，我周围的人都说我有臆想症，他们说高人其实是我的心理医生假扮的，就为了骗我吃药和锻炼身体。这怎么可能呢，明明我御剑的时候我脚下的剑是真的带着我动了啊！我不相信他们，我觉得他们都在骗我，高人一定是真的得道高人，心理医生不会长得那么帅的，长得那么帅的现代人一定早就跑去演电影了，所以我决定换个医生问问。

医生，您觉得我真的是臆想症吗？

驻站医生 回答：

患者您好，您患有的是非常典型的臆想症，您所说的这位心理医生其实是我的同事。我的同事非常敬业，为了哄你吃药他什么事儿都干得出来，他的确很帅，不过他不喜欢演电影，他只喜欢在你面前演得道高人。祝好。

SWEET
things
写实派奇迹暖暖

01

午夜时分，奥兰多书房的灯还亮着。

作为苹果联邦的高级指挥官，奥兰多脑中的弦永远是紧绷的。虽已毕业十年了，他却仍然保持着在军校养成的习惯，每日进行高强度锻炼，大量阅读军事书籍，没有哪怕一天的松懈。

他埋首于小山一样的书堆中，桌上的几本经典军事书籍都已经被他翻旧了。

诸如《战争与搭配》《烽火时尚》《杀戮换装》《设计战役》……

又是半个小时过去，奥兰多面上终于浮起一丝困倦，他合上书本，起身朝卧室走去。

然而，当他走在连接着书房与卧室的幽暗长廊上时，一柄锋利的匕首无声无息地抵住了他的咽喉。

一个冰冷的声音从奥兰多耳畔传来："不许动，不许叫。"

这个声音！

奥兰多瞳仁骤缩，他举起手示意自己不打算反抗。迟疑了片刻后，他轻声唤道："弗里恩？"

弗里恩是被七国合力通缉的杀手，前些日子当着自己的面从海樱手中夺走了白樱恋歌，但他同时也是自己十年未曾露面的挚友……

之前奥兰多一直以为他死了，然而现在看来，似乎是获救后失忆了。

弗里恩："我不是弗里恩。"

奥兰多："好吧……'不是弗里恩'先生，你要做什么？"

弗里恩："告诉我关于那个'弗里恩'的所有事情。"

奥兰多失笑："呵。"

弗里恩寒声道："你想死吗？"

奥兰多忙敛起笑意，认真道："弗里恩与我十年前共同就读于苹果联邦的军事学院，他是我的……"

说到这里，奥兰多顿了顿。

弗里恩："你的什么？"

奥兰多的眉毛恶趣味地一扬，道："恋人。"

弗里恩："……"

弗里恩把贴在奥兰多脖子上的刀刃紧了紧，低喝道："说实话！"

奥兰多冷静："这就是实话，弗里恩送我的黑伞我一直随身携带，我深深地怀念着他，每一天。"

弗里恩："……"

奥兰多语声温柔地述说着："弗里恩就像个小太阳一样，温暖又耀眼，从入学的第一天开始我们就每天一起上课、受训。当时他和我是学院中最优秀的两名学员，各种考试、测验、任务中，我们的成绩都难分上下。"

弗里恩静静听着，眸光闪烁，似有所动："……"

然而奥兰多话锋一转，语调暧昧道："后来，我们在另一个方面分出了上下。"

仗着挚友失忆趁机胡说八道！

弗里恩嘴角一抽，用刀刃抵住奥兰多的喉咙，同时自己缓缓绕到奥兰多面前，观察对方的表情，试图找出一丝揶揄的神色。

但身为高级军事指挥官，自如控制表情只是基本中的基本，奥兰多面色诚恳，目光平和地注视着弗里恩。

毫无破绽！

两人对视了几秒钟，弗里恩脸一红，冷哼一声扭头就走。

"等等。"奥兰多抓向弗里恩的手腕。

弗里恩的胳膊灵蛇般转过一个角度，奥兰多抓了个空。同时，弗里恩鬼魅般绕到奥兰多背后，试图施以肘击。奥兰多头一偏，敏捷躲过，继而伸腿绊住弗里恩的脚，又扯住对方的手臂往前一拽，想令弗里恩失去平衡。反应极快的弗里恩却借势跃起，做了个背空翻，漂亮地落在奥兰多面前。

仍然是难分上下的身手……

感觉可以就这样打上一百年！

奥兰多露出一个绅士的微笑："事情搞清楚前，你不许走。"

弗里恩冷冷打量着奥兰多："还想继续打吗？"

奥兰多沉吟片刻，提议道："拳脚功夫我们谁也赢不了谁，不如让我们像真正的男人一样进行一次决斗。我赢了，你留下；你赢了，我亲自送你出门。”

弗里恩缓缓点头：“……好。”

话音刚落，两人头顶上瞬间出现两盏聚光灯，欢快的背景音乐响彻整间别墅，两人背后“刷”地展开一幅梦幻星光背景，一个评委凭空出现在两人面前……

比拼开始！

这可是奇迹大陆好吗？奇迹大陆上真正的男人都是这么决斗的！

02

绅士套装 VS 杀手套装。

弗里恩轻蔑地瞪了奥兰多一眼，使出技能“挑剔的目光”！

奥兰多微微一笑，顶住技能减分的压力，同时使出5级技能“灰姑娘时钟”，冲过去蹲在弗里恩脚下，瞬间脱掉了弗里恩的鞋子！

被脱鞋的同时，弗里恩冷着一张面瘫脸对评委们丢出一个飞吻，使出技能“迷人飞吻”！

然而由于没有鞋子，这轮比分弗里恩落了下风。

战况可以说是相当扣人心弦了！

公CD结束后，奥兰多又以最快速度使出5级技能“圣诞礼物”，在弗里恩把鞋子穿回去之前，以迅雷不及掩耳之势扒掉了弗里恩的袜子！

弗里恩牙关紧咬，苍白面颊泛起红潮：“……你！”

比赛结束，光着脚丫站在地板上的弗里恩比分明显落后了奥兰多一大截。

弗里恩输了。

奥兰多把装着圣诞礼物的袜子递回去。

弗里恩把礼物掏出来，默默穿上。

奥兰多：“你输了，留下。”

弗里恩咬牙：“你这两项技能居然都练到了 5 级……”

这是扒了多少袜子和鞋！

奥兰多微微一笑：“你也可以。”

弗里恩脸一黑：“不练。”

因为练起来太尴尬了。还在军校念书时，弗里恩就经常逃避这两门技能的训练课程，所以这两项技能一直只是 1 级而已。

两人说话的同时，评委还跷着二郎腿嗑瓜子儿看戏。

奥兰多轻咳一声：“……我们比完了。”

评委“啧”了一声，收拾起瓜子儿和比分牌，像出现时一样神秘地消失了。

是的，评委的突然出现与消失一直是奇迹大陆上的未解之谜……

奥兰多：“我赢了，希望你遵守奇迹大陆的决斗规则，乖乖留下。”

弗里恩一脸戒备：“你要做什么？”

奥兰多：“第一，我要你把白樱恋歌交还回来，并脱离尼德霍格的控制。”

弗里恩嘲弄地冷哼一声。

奥兰多：“第二，我要你找回你身为弗里恩的记忆。”

弗里恩的眼睛微微一眯：“我说过，我不是弗里恩。”

奥兰多从善如流，微笑道：“那么，我要你找回你不是弗里恩的记忆。”

弗里恩：“……”

奥兰多：“随我来。”

一分钟后，弗里恩站在装修豪华的客房的床边，床上还放着一套睡衣。

本以为会被铐起来丢进地下室的弗里恩：“……”

奥兰多温和道：“肚子饿的话，楼下有宵夜。”

弗里恩冷冷道：“不吃。”

奥兰多强行怀念：“在军校时，弗里恩最喜欢食堂的一种奶油鸡蓉蛤蜊汤，所以我特意问厨师要了配方。”

弗里恩条件反射地咽了下口水。

奥兰多：“冰箱里就有，可以热一下。”

弗里恩一脸冷酷。

奥兰多离开了。

他的样子从容又自信，仿佛认定了弗里恩会遵守战败承诺，不会趁机逃跑。

然而半个小时后，弗里恩鬼魅般的身影潜行出卧室……

随即……

无声无息地来到了冰箱前！

于是，弗里恩就这样，因为换装比赛失败被奥兰多“软禁”了。

03

奥兰多试图帮助弗里恩找回遗失的记忆。

先是那只两人曾经一起饲养的黑猫兰斯洛特。

动物是敏感的，兰斯洛特还记得弗里恩的气味，它亲昵地磨蹭着弗里恩的颈窝，猫舌舔过弗里恩冷峻的下巴。

弗里恩没有抗拒，只皱眉看着兰斯洛特。

奥兰多又请妮娜来到家里，弗里恩曾经可是把妮娜当成亲妹妹一样宠爱的。

虽然弗里恩表现得十分抗拒，但在妮娜张口叫“弗里恩哥哥”的时候，奥兰多确信自己在弗里恩冰山般冷硬的面容中看到了一丝浅淡的笑意。

“这把伞，是弗里恩亲手做出来的。”奥兰多将手中的黑伞展开又合拢，朝庭院中的靶子开火。

弗里恩盯着那柄黑伞，眼中流露出一抹异样的情绪。

他的手指动了动，像是按捺不住要摸摸那把伞，却在奥兰多转眼望过来时忍住了。

散发着青草气息的午后，两人在院中面对面下国际象棋。

弗里恩皱眉看着棋盘，不自在地扯了扯兜帽："我不会。"

奥兰多温柔道："你可以随便下。"

弗里恩："……"

弗里恩凭着感觉，毫无章法地移动着棋子。

奥兰多则每一步都深思熟虑，脑门甚至都沁出了薄薄一层细汗，仿佛在对战顶级象棋大师。

半个小时后，弗里恩意料之外地赢了这盘棋。

奥兰多微笑："你看，你是会下的，至少你应该相信自己曾经是一个棋艺高超的人了吧？"

弗里恩咬了咬嘴唇，眼睛微微一亮，像是想起了什么却又不确定。

奥兰多不动声色地用手帕拭汗。

故意输给一个根本不会下棋的人也是很考验脑力的！

这时，一只斗牛犬不知从哪里跑了出来，直奔奥兰多冲过来。

奥兰多因为小时候被斗牛犬咬伤过，所以一直不敢亲近小动物，这件事只有弗里恩和妮娜知道。

然而明明看到了斗牛犬朝自己奔来的奥兰多却表现得一脸平静。

“别过来。”像是觉得狗能听懂一样，弗里恩冷冷地命令起那只斗牛犬来。

命令明显地失效了。眼见斗牛犬就要扑进奥兰多怀里了，弗里恩身形一动，用快得肉眼几乎无法捕捉的速度冲到奥兰多面前，俯身捞起斗牛犬，几个纵跃飞出围墙外，将一脸懵逼的斗牛犬丢出了庭院，随即又坐回奥兰多对面。

奥兰多眉毛一抬，明知故问：“你在做什么？”

弗里恩张了张嘴：“你……”

明明就在嘴边的一句话，无论如何也想不起来。

害怕斗牛犬？谁害怕斗牛犬？奥兰多吗？为什么自己觉得奥兰多会怕斗牛犬？

弗里恩茫然地沉默了。

奥兰多唇角一勾：“想起什么了吗？”

弗里恩收敛起茫然的神色，冷漠道：“想不起。”

毫无预兆地，奥兰多从西服内侧口袋中掏出一把手枪，对准了弗里恩，面色森寒，道：“这样呢？”

弗里恩瞪视着黑洞洞的枪口，似乎在思索从枪口下脱身的办法。

然而，奥兰多率先扣下了扳机。

一支红艳似火的玫瑰从枪口中弹了出去。

奥兰多眼睛微微一弯，道：“Surprise！”

弗里恩：“……”

奥兰多吹了吹枪口：“这把枪就是弗里恩改造的，在军校时曾经用来吓我。”

弗里恩咬肌抽动了片刻，腾地站起身，飞一般跑开了。

04

跑开之后，弗里恩没再出现在奥兰多面前。

奥兰多也不急，只平静地做着自己的事，训练、读书、工作。

三天之后的午夜，熟睡中的奥兰多遭遇了突然袭击——仍然是一柄抵在喉咙上的匕首，以及一只捂在嘴巴上的手。

奥兰多睁开眼，目光正撞进弗里恩的眼底。

月光下，弗里恩的面颊红如火烧。

弗里恩低吼：“弗里恩根本不是你的恋人，你这个骗子。”

奥兰多攥住弗里恩捂着自己嘴巴的手，柔声道：“你怎么知道？”

弗里恩：“……”

奥兰多：“你想起来了？”

弗里恩沉默了片刻，并没有否认，而是问：“你为什么要那样说？”

奥兰多低笑：“因为那是我的愿望。”

弗里恩狠狠揉了把自己发烧的脸，用匕首狠狠在奥兰多的枕头上扎了一下，以发泄喷薄欲出的情绪。

奥兰多："还记得最后一次任务吗？我在任务中获得了'不朽荣耀'的勋章。"

弗里恩脸黑如炭。

十年后重逢相认的第一件事就是炫耀吗？！

奥兰多神色温柔："但是在毕业典礼上，我当众将'不朽荣耀'送给了你，这些年来我只是替你保存着这枚勋章。"

弗里恩稍稍睁大了眼睛，那双眼睛像红宝石一样美丽。

奥兰多："还记得吗？我们约定过，得到了'不朽荣耀'的人可以要求对方做一件事。"

弗里恩抿了抿嘴唇。

他记得。

从枪口中射出玫瑰的一瞬间，前尘往事就纷纷涌入脑海了。

奥兰多轻声唤道："弗里恩。"

弗里恩："……"

奥兰多："弗里恩，弗里恩，弗里恩。"

弗里恩："闭嘴。"

奥兰多："你有办法让我闭嘴的。"

弗里恩盯着奥兰多的嘴唇看了片刻，低声道："我现在听令于尼德霍格，还抢走了白樱恋歌。"

奥兰多神色严肃了起来："尼德霍格是个危险人物。"

弗里恩："所以呢？"

奥兰多捏捏弗里恩的手："你说过，你的梦想是成为一名优秀的军人，保护苹果联邦的人民……"

弗里恩沉默了片刻，打断奥兰多的话道："我可以要求你一件事，无论是什么你都要办到？"

奥兰多："是。"

弗里恩用食指点点奥兰多的胸口，冷声道："你……这座别墅，归我了。"

奥兰多失笑："包括别墅里的所有东西？"

弗里恩："是的。"

奥兰多："还包括别墅里的所有生物？"

弗里恩面无表情："是的，比如兰斯洛特。"

奥兰多："再比如奥兰多。"

弗里恩一脸冷漠："这个无所谓。"

奥兰多："……"

弗里恩下了床，转身走开。

奥兰多皱眉："你去哪里？"

弗里恩摆摆手，身影鬼魅般融化在夜色中。

这一次弗里恩消失了整整半个月。

05

半个月后，弗里恩拎着一个黑色皮箱出现在奥兰多面前。

弗里恩把箱子往奥兰多脚下一抛，道："白樱恋歌。"

奥兰多怔了怔："你脱离了尼德霍格的控制？"

弗里恩："没错。"

奥兰多皱眉："我原本想认真筹划这件事。尼德霍格很危险，你这样突然地脱离也许会给自己惹上麻烦……"

弗里恩冷笑："他已经完蛋了。"

奥兰多："……难道你杀了他？"

弗里恩摇头："他住处的衣帽间以及北地王国军区战略服装储备库全被我一把火烧了个精光。"

这可以说是非常残酷了！

奥兰多："……"

弗里恩唇角泛起一丝极浅的笑："他们现在已经没有三星以上的服装与武器配饰了。"

奥兰多："……"

弗里恩："重做需要消耗大量的财力、精力与时间，短期内他无法对我们造成任何威胁。"

奥兰多一想，没毛病，五星多难做啊，有生之年说不定都见不到尼德霍格了。

奥兰多："有件事你不知道，妮娜曾经为我们分别设计了两套毕业舞会上穿的礼服，可是后来你出了事……所以两套礼服我一直存放着。"

弗里恩的眼睛微微亮了一瞬，语气却仍是凉凉的："给我看看。"

奥兰多引着别墅的新主人弗里恩来到衣帽间，珍惜地取出那两套尘封了十年的礼服。

奥兰多："也不知道是不是还合身。"

弗里恩瞟了奥兰多一眼，想起那夜决斗惨败的事，便道："我们不如用这套礼服比拼一次。"

奥兰多颔首："好。"

于是，两人穿上了迟到十年的毕业礼服。

与此同时，他们的头顶上瞬间出现了两盏聚光灯，欢快的背景音乐响彻整间别墅，两人背后"刷"地展开一幅梦幻星光背景，一个评委凭空出现在两人面前……

比拼开始！

奥兰多："5 级技能——灰姑娘时钟……"

他话音未落，弗里恩冷不丁抛出一句："奥兰多，你看看你肩膀。"

奥兰多："啊！这，这是什么？弗，弗里恩！快弄走它！快！它要爬到我脖子上了！啊！"

弗里恩一脸冷漠："……"

奥兰多脸一黑，把外套和衬衫全部脱掉丢在地上。

评委："……"

由于缺了外套和衬衫，奥兰多的评分一路低至谷底。

这一次弗里恩赢得了比拼。

奥兰多好气又好笑："……弗里恩！"

"只是一只鼻涕虫而已。"弗里恩眉毛一扬，眼瞳中一抹少年般明亮飞扬的光彩稍纵即逝，"你这副歇斯底里的样子，可不像传说中的绅士。"

岁月的沙漏仿佛在这一瞬间倒转了方向，象征着时光的细砂闪烁着星辰碎屑的微芒涓涓流下，在沙漏底部聚成一座小小的山包。

恍若昨日。

Sweet things
甜蜜杂货店

作者
阿 逸

总策划
朱家君

选题策划
熊 嵩

执行策划
张益彬

特约编辑
尹 旋 许 丽

插图绘制
百里君兮

封面设计
李雅静

设计总监
李 婕

宣传营销
蒋 惊

运营发行
常蓦尘

出版社
长江出版社

总出品
漫娱文化

平台支持

小说馆 脑洞W 热梗STORY 烧脑X 晋江文学城 WWW.JJWXC.NET

图书在版编目（CIP）数据

甜蜜杂货店／阿逸 著．
—武汉：长江出版社，2017.11
ISBN 978-7-5492-5486-6
Ⅰ．①甜… Ⅱ．①阿… Ⅲ．①故事－作品集－中国－当代 Ⅳ．①I247.81
中国版本图书馆 CIP 数据核字（2017）第 282942 号

甜蜜杂货店／阿逸 著

出　　版　长江出版社
（武汉市解放大道 1863 号　邮政编码：430010）
出　　品　漫娱文化
（湖北省武汉市积玉桥万达写字楼 11 号楼 19 层　邮政编码：430060）
出 版 人　赵　冕
选题策划　漫娱文化图书
市场发行　长江出版社发行部
网　　址　http://www.cjpress.com.cn
责任编辑　张艳艳
装帧设计　李雅静　章　喆
印　　刷　深圳市精彩印联合印务有限公司
版　　次　2017 年 11 月第 1 版
印　　次　2018 年 4 月第 2 次印刷
开　　本　787mm × 1092mm　特规 1／32
印　　张　6.75
字　　数　260 千字
书　　号　ISBN 978-7-5492-5486-6
定　　价　39.80 元

电话：027-82927763(总编室)　027-82926806（市场营销部）